黄金の樹

JN127947

SenJi KurOi

黒井千次

P+D BOOKS
小学館

目次

1

本館の裏手にある生活協同組合の売店でピースを一個買った明史《あけし》は、その角の固い青い箱を素早くズボンのポケットに捩じこむと、逃げるような足取りで正門に向った。

売店には、中の小さく仕切られた木の容器にゴールデンバットや新生や光などがバラ売りのクレヨンに似た恰好で剝き出しに並べられ、一本でも二本でも自由に買えるのだが、そして金の乏しい寮生の真似をして、幾本かの煙草を木枠からそっと摘み出しては求めることに明史は奇妙な満足を感じていたのだが、毎週水曜日には、あたりを憚る後ろめたさを覚えながらも、高価なピースを一箱買わずにはいられなかった。

開襟シャツのポケットに入れたバラ売りの煙草が汗で湿ったり、折れ曲って吸えなくなるのを恐れたからではなく、週のその日だけは、銀紙に包まれ十本入りの箱にきっちりと収められた煙草を持っていたかった。

正門脇の掲示板の前には、予想通り学生自治会執行部の見慣れた顔ぶれが数人立ち並び、午後の講義が終って帰ろうとする通学生達に、警察予備隊の保安隊への改組反対、再軍備反対を訴える街頭デモに参加するよう呼びかけている。夏休みが終って日が浅いためか、メーデー事件の逮捕者が学内から多数出たことの余韻がまだ残っているのか、前期の試験が近づいて来るからか、執行部の呼びかけに対する反応は鈍く、容易に動員はきかない様子だった。

午後の光を浴びて立つ学生の中に牛尾のがっしりした顔貌を認めると、二人、三人と連れ立ち井之頭線の駅へ向う一年生の陰に隠れるようにして明史は正門を出ようとした。

「倉沢、お前、行かんのか。」

牛尾の太い声に名を呼ばれ、明史は仕方なく足を停めた。プラカードの柄の先を地面に突いた彼は、赤と黒の乱暴な字の踊っている板の部分を苛立たしげにひらひらと揺すりながら明史を見た。

「今日はアルバイトなんだ、俺。」

自分の言葉の言訳けがましく響くのが我ながら疎ましかった。

「ほう、家庭教師か。」

意外そうな表情で牛尾が訊ねた。

「そう。」

「お前のことだから、どうせ相手はメッチェンだろう。」

「ばか、女の子だけど、小学生だよ。」

「小学生？　うまい口をみつけやがった。」

「だから、今日は……。」

牛尾の口調にようやくほっとして、明史は別れの手をあげた。牛尾は返事のかわりに強く張った顎の先を小刻みにしゃくって頷いた。

確かにうまい口には違いない。生徒は私立小学校の四年生で、算数と国語を教えるのに特別の準備はいらなかった。どうも勉強が嫌いなのでなんとか興味をもてる程度に指導してほしい、との依頼だったが、明史としては一緒に遊んでみるほどのことしか考えていない、きわめて無責任な家庭教師だった。それでいて、謝礼は中学生や高校生を教えるのと変らないのだから、牛尾の言葉は当っている。いや、おそらくは彼が羨んだ以上の……。

これは経済活動なのだ。俺の下部構造に関わる問題なのだ。したがって、他のどのような活動にもまして優先させることをいささかも恥じる必要はない——。大学のすぐ前にある駅への短い坂を大股にくだりながら、殊更めいて明史は自分に言いきかせた。そうしながらも、その考えをほとんど信じていない事実を彼は身体の奥で感じ取っていた。なぜなら、彼の東京での暮しは長野に転任になった父親からの仕送りで支えられているのであり、必ずしも豊かとはいえないにしても、それは決してアルバイトで補わねばならぬような金額ではなかった。したがって、地方出身の寮生達の中に時折見かける、奨学金と家庭教師の収入で自分の生活費をまかなっている連中のアルバイトとは本質的に異なるものであることを、彼自身が一番よく知っていた。

更にまた、家庭教師に唐津家を訪れること自体がひそかな愉しみに育ち始めているのにも、彼は気づかねばならなかった。つまり、明史のアルバイトは経済活動などではなく、東京での親許を離れた彼の暮しに添えられた、一枚の美しい絵に似た何かだったのだ。

もしも差し迫った政治的要請と——ささやかな街頭デモも本当はその一つである、と彼は深刻めかして考えた——アルバイトなどという仮面を剝ぎ取られた美しい絵との二者択一を強いられた場合、俺はどちらを選ぶべきなのだろう、と渋谷行の電車に乗りこんだ彼は自問した。

結論ははっきりしていた。たとえ一枚の絵がどれほど美しくとも、牛尾がよく言うように再軍備を目指した徴兵制度でもひとたび実施されれば、権力によってそれこそ額縁ごとキャンバスは奪い取られてしまうに違いない。だから現実を直視し、目先の出来事にのみ心を注ぐのではなく……。

しかし、あまりにすぐ答えの出てしまうその先に、本当はもっと厄介でもう少し入り組んだ問いかけがひそんでいるような気がする。奥行きの深い次の問いを追究すること自体がまた一つ大きな問題なのだが、電車は既に神泉駅のトンネルを過ぎ、高架になった渋谷駅のプラットフォームに滑り込んでいる。

山手線に乗り替えて品川までドアの脇に立つ間に、次第に問いの形はぼやけて来る。そしてそこからまた京浜東北線で大森まで揺られるうちには、もう街頭デモのことも、徴兵制度の危険も明史の頭から消え去っていた。ピースの箱があるのをシャツの胸のポケットに確かめ、汗を拭ったハンカチが汚れていはしないかとそっと畳みなおした後は、いつも電車の中でそうするように鞄から文庫本を取り出して読もうともせず、ただ窓外の景色を落着かぬ眼で眺め続けるだけだった。

電車が大森駅に着くと、明史はその土地の住人を真似た、物馴れた足取りで階段を駆け昇り、山側の改札口を出て線路に沿ったバス通りのゆるい坂を北に辿った。

東京で育ったといってもほとんど中央線の沿線にしか住んだことのない明史にとって、貝塚が発見されたような海に近い土地は新鮮だった。父親の転任で両親が東京を離れる時、大学に通っていた明史は父の古くからの友人で子供のいない笹本家に部屋を借りることになった。その家もやはり中央線の中野にあったのだから、彼がおばさんと呼んでいた笹本夫人に頼まれて、彼女の歳下の友達である麻子の一人娘の家庭教師にでもならなければ、大森は彼にとって一生無縁の土地に終ったかもしれなかった。

家庭教師の話を持ち出す際、明史ちゃんのような東大生に勉強を見てもらえればとても嬉しいって麻子さんはいうけれど、相手が小学生だし、なにしろうちが大森で遠いからねえ、と笹本のおばさんは遠慮がちに彼の意向を打診した。

大学の帰りに渋谷から廻ればさほどのこともなさそうだし、家庭教師の収入にも魅力を覚えた彼は、二つ返事でその申出を引き受けた。

「きっと大喜びだわよ、あの人は。」

おばさんはいそいそと立って電話をかけ、話のまとまったことを告げると唐津家への地図を詳細に描いてくれた。

「お金はあるうちなんだから大丈夫。小学生に教えるのは高校生に教えるのよりもっと難しいのよって言ったら、お礼は充分にしますって言ってたわ。」

「そんなお金持ちなんですか。」

「御主人が自分で会社をやっている社長さんですもの。でも万里子ちゃんというその小学生が一人娘でね、麻子さん、ちょっと寂しいんじゃないかなあ。」

「子供が一人だから?」

「それもあるかな……。」

おばさんは曖昧に言葉を濁して話題をそらせた。

「素敵なおうちよ、駅から少し歩くけど。」

「お屋敷なんですか。」

明史はやや気遅れがした。

「まあ、行ってごらんなさい、わかるから。」

そんなふうに教えられた唐津麻子の家が近づいていた。東京湾が近いといってもそれは京浜東北線の線路から海側に出た場合の話であり、反対の山側を歩いている限り、小さな起伏は見られるものの、どこにも海の気配など感じられない住宅地の佇いが続いている。まして山側の奥へ奥へと斜めにはいって行く唐津家のあたりは閑静な家並みであり、その近辺も空襲で焼けたのかもしれなかったが、火を免れたと思われる大谷石のどっしりとした塀の延びる大きな家や、古びた日本家屋などが連なっていた。

最後の角を曲ると急に樹木が多くなり、道にひんやりとした空気が漂うと同時に蟬の声が降って来た。道沿いに繁る木々の一段とこんもり深く見えるのが麻子の家だった。

ペンキ塗りの白い木の柵を塀にしたその家は、一軒だけ近所のどの家屋とも異なる不思議な雰囲気に包まれている。とりわけ大きな木があるわけではなかったが、柵の中の土地いっぱいに木立ちと呼びたいほど密に闊葉樹が林立し、その重なり合った枝葉の下にひっそり隠れるようにして小ぢんまりした洋風の住いが蹲《うずくま》っていた。それは豊かな庭木をもつ家ではなく、林の中にかりそめの場所を求めて身をひそめた建物とでもいった風情だった。高原の別荘に似ていなくもなかったが、日々の暮しから切り離された軽やかさは見られず、かといって地に腰を据えた落着きも感じられず、どことなく儚《はかな》げな匂いに覆われている家だった。初めて唐津家の前に立った時、すぐには白塗りの柵に続く低い木の門扉を押すのも躊躇《ためら》われ、明史はしばしその光景に見とれたものだった。

幾度か通ううちに、最初の違和感は独得の魅力へと明史の中で変って行った。木立ちや建物に惹かれるのではなく、住んでいる母と娘にただ興味を覚えるのでもなく、週に一度唐津家で過すひとときが彼にとって貴重な時間であることを発見したのだ。これも白く塗られた横張りの木のドアを背後に閉じて家の中にはいると、もう大学の喧噪も、笹本の家で彼が寝起きしている玄関脇の四畳半の陰気な空気も、遠く長野に離れた親達の気配も、なにひとつはいりこむことの出来ぬ明るい穴のような世界が開けていた。明朗な性格だが堅実一方の家庭婦人である笹本のおばさんが、こんな風変りな家の住人と交際のあること自体、なにかそぐわぬように思われてならなかった。

後のためにハンカチは使わずにおこう、と考えた明史は手の甲で額の汗を拭い、油蟬の声が狂おしく降り注ぐ下に微睡《まどろ》む家に向けて白い門扉を押した。外から窺う限り、そこは人が住んでいるのかいないのか、見わけのつかぬほど静まり返った二階屋だった。まして今は、油の煮えたぎる蟬の絶叫に押し潰されたかの如く沈黙に沈んでいる。

それでもドアの横の呼鈴を押すとたちまち小さな足音が起り、なにかを叫ぶ万里子の声が耳に届いた。

「騒いでいないで早くお開けなさいよ。暑いのに先生がはいれないじゃないの。」

麻子の言葉と同時にドアが開かれた。ヒマワリ色の袖なしのワンピースから浅黒い腕を出した小柄な彼女の後ろに、半ば隠れるようにして娘がまといついている。もう訪問する回数も重なっているのに、いつも玄関で同じ場面が繰り返された。

「ひどいでしょう、今日は。もうぐだぐだしてしまってね、二階で万里子と伸びていましたの。」

板張りの床の居間に明史を通し、褐色の玉を連ねて垂らした簾の向うにはいった麻子は勢いのいい水音を迸らせた。

そうですね、と答えはしても、万里子が冷たい水に固く絞られたタオルを持って来てくれるまで、彼はほとんど暑さを苦にしていなかった。ところがひんやりとしたタオルで顔を覆った瞬間、激しい熱気に身を包まれていたことに気がついた。拭けば拭くほど、顔だけではなく首筋から腕にまでかけて汗が噴き出して来る。まだ台所でヒマワリの色を揺らしている麻子の視線を気にしながら、素早く開襟シャツの奥の腋の下を拭った。白いタオルが薄黒く汚れたのが眼にとまると、彼は慌ててそれを裏側にして畳みなおした。

「まあ、夏休みが終ったらねえ、もう早速算数のテストが先週あったんですのよ。ねえ、万里ちゃん。」

微かな氷の音をたてる飲み物を運んで来た麻子が笑って娘を振り返った。万里子は母親を無視してわざとらしく壁のどこかを見つめている。

「どうでした、それで。」

コップをテーブルに置いた麻子は、薄い上口唇をくわえこむようにして、急に表情の濃くなった顔を無言のまま横に振ってみせた。困っているというより、どこか事態を面白がっているとも取れる奇妙な表情だった。針の先で一点を突けば、たちまち濡れた笑いが顔中に拡がりそうな気配もある。

「弱ったな。教え方がまずいかな。」

戸惑いを抑えつつ明史も首を傾げた。

「わかっていたもの。」

外の蟬の鳴声を弾き返す口調で万里子が言った。

「わかっていたのに出来なかった?」

「時間がなかったもの。」

「それなら、もう少し早くなればいいわけだ。」

明史は胸のポケットからピースの箱を出して煙草に火をつけた。漂う煙を摑もうとして、伸び上った万里子が掌を閉じたり開いたりした。

「先生、灰皿。」

後ろの棚からガラスの小さな灰皿を渡してくれる麻子は、いつもの母親の顔に戻っていた。

その日、帰りの蒸し暑い電車の中で、麻子の口唇をくわえこむようにして横に振った顔が幾度も思い出された。隠された微笑とも、揶揄ともとれそうな謎めいた表情が明史は気にかかってならなかった。家庭教師を頼んでいる母親が、娘のテストの不成績を喜ぶ筈はない。としたら、あれはやはり指導の成果をあげられぬ家庭教師に向けられた諦めまじりの冷笑だったのだろうか。

——無理だよそれは、と夕刻のこんだ電車の中で明史は思わず小さな抗議の声をあげた。夏休みの始まる少し前から通い出してまだ回数も足らず、万里子の気持ちもうまく摑めていない新米の教師に、そう簡単に成績を引き上げるのは難しい。横に立っていた勤め帰りらしい若い女が、身体をよじるようにしてこちらを窺うのがわかった。窓から吹き入る風を飲み込む仕種で彼はせわしなく口を動かし、洩れてしまった声をごまかそうとした。しかし女が窓の外に眼を戻すと、彼はまた麻子の顔に向き合っている。家庭教師の能力へのからかい半分の冷笑にしては、あの表情はどこか深過ぎた。彼女の見つめていたのは娘でも明史でもなく、もしかしたら彼女自身ではなかったか――。そう考えるとなにか納得出来そうだった。同時に、そんな麻子をこれまで一度も見たことがなかったのにも気づかされた。金色の縁飾りのついた楕円形の大きな鏡の中に、ヒマワリ色のワンピースを着た俯きがちの小柄な女性の姿を置いてみたかった。と突然、その女は物憂げに首を横に振り始めた。イヤイヤをしているみたいだった。そのくせ、どちらでもいいイヤイヤのような投げ遣りの匂いも放たれている……。

車内の乗客が周囲で大きく動き、ドアがしまって電車が再び走り出した時、いま停ったのが山手線に乗り替えるつもりの品川駅であったのに明史は驚いた。身体の奥にそっと捧げ持っている黄金色の液体を入れたコップを、慌てて身動きすることで揺らしたくなかった。もうしばらく、コップの中をじっと見つめていたかった。遠廻りにはなるけれど、このまま東京駅まで行って中央線に乗り替えればいい、と思った。なぜか、どこにも帰りたくない気分だった。

玄関の格子戸を開けると、暑かったでしょう、と笹本のおばさんが明るい声を明史に浴せた。曖昧に答えて部屋にはいろうとする彼の背を、お母様からお便りが来ているわよ、と同じ声が追いかけて来た。

窓の前に据えた座机に一枚の葉書がのせられている。差出人の住所も名前もなく、ただ「母より」とだけ記されたいつもの音信だった。

お休みが終ってあなたが帰ってしまったら、急に寂しくなりました。また元気に東京の暮しを始めたことと思います。こちらはお役所の関係のおつき合いはいろいろとあるのですが、東京のようには親しい方がいないのでつまりません。兄貴サンはお勤めだし遠いからなかなか帰れないので、あなたのお休みだけが楽しみです。秋休みは駒場祭だとかいっていたけれど、戻れそうにありませんか。

笹本さんにお世話になっているのだから、と安心していますが、どうかくれぐれも自重して、健全な学生生活を送って下さい。由美ちゃんがお兄さんに手紙を書きたいというので、そちらの住所を教えておきました。おばさんに宜敷お伝え下さい。

読みにくい細かな字でぎっしり書かれた葉書に眼を通すと、明史はそれを机の上に投げた。「どうかくれぐれも自重して」という言葉に滲む母の湿った声が鬱陶しかった。女子高に通っている隣家の由美子が手紙をくれるという一行だけが仄かに浮き上って見えた。唐津家専用の役目を終えたピースの箱を胸のポケットから出して煙草に火をつけ、明史は四畳半のまんなかに大の字に身体を投げ出した。来週の水曜日が今から待ち遠しかった。

2

その晩の〈夜光虫〉の集りは、これまでとは少し違っていた。会合の場所は最近引越した跡村の家だったが、なにしろそこには彼自身のアトリエがあったのだから——。

アトリエとはいっても南に面して開いた六畳ほどの板の間で、天井が高いわけでもなければ特に採光の注意が払われているのでもなく、離れに似たやや独立した一室が長男の彼にあてがわれただけのことだった。しかしそこに描きかけの作品の置かれたイーゼルが立てられ、あちこちの壁にキャンバスがもたれかかり、布を敷いた小さなテーブルの上に果物が転がり、テレピン油の瓶や絵筆などが絵具にまみれたパレットのまわりに散乱しているのを見ると、跡村がもういっぱしの絵描きにでもなったかのように明史は圧倒された。

高校時代に親しい友人達と作った同人雑誌〈夜光虫〉のグループで途中からもっぱら表紙絵を担当するようになっていた跡村は、美術部の活動を続けてそのまま美術系の大学に進んだ。他のメンバーのほとんどが大学の文科系の学部にはいり、まだ将来何をするという当てもなく漠然と語学や社会科学の講義を受けている間に、跡村だけは早くもひとり自分の未来を見据えているような雰囲気がそのアトリエには濃厚に漂っていた。

恰好ばかりつけやがってとか、それで少しはましな絵を描いているのか、などと憎まれ口を叩きながらも、アトリエにはいって来る仲間達は一様に羨望の眼で室内を見廻した。

俺の四畳半にも座机があり、抽出しには原稿用紙も万年筆もはいっているのだから、作品を生み出す上ではなんの見劣りもない筈だと思うのに、なぜか明史は焦りを覚えた。

しかし従来は編集会議や同人の集りを、各自の家の狭い勉強部屋などで持ち廻りに開いていた仲間達に、今後は〈夜光虫〉の会はこのアトリエを使うようにしてくれ、との跡村の申出は諸手をあげて歓迎された。小さな椅子、木の腰掛け、床に置かれたクッションと銘々が好みの位置を占めて落着くと、これまでになく新鮮で自由な空気が生れるようだった。こんな光景を外国の小説の中で読んだ記憶がありそうだった。

もうひとつ目新しかったのは、出席者の中に女性のいることだった。今夜はこれで全部だろ、とリーダー格の湊が室内を見渡すと、イーゼルの脇に隠れるように坐っていた上背のある若い女性を跡村が引き出した。

「同じ大学にいる影浦さん、影浦淳子さんです。この前湊がさ、学校もばらばらになって集りにくくなったから、少し同人を外からいれたらどうかって提案したでしょう。だから今夜は、ゲストの形で来てもらったの。こういう集りに興味があるっていうからさ。」

影浦です、どうぞよろしく、と不器用に頭を下げた彼女は首を竦めるようにしてすぐ坐った。

わざとそこだけ視線を避けて語り合っていた一座に、ようやく寛いだ光が拡がって来る。

「影浦さんも油絵を描いているんですか。」

いかにも良家の息子らしく物怖じしない築比地《ついひじ》が如才なく訊ねた。

「いや、この人はデザインの方をやっているの。」

淳子が口を開く前に跡村が答えていた。

「俺は影浦さんに質問したんで、跡村に訊いたんじゃないぞ。」

「そうか。なら自分で返事しなよ、ほら。」

「あの、デザイン科です。」

「跡村はねえ、世話焼きで変な母性本能を持っているでしょう。だから、気をつけないと――。」

床のクッションにあぐらをかいた木賊《とくさ》がとぼけた口調で淳子に言った。

「母性本能ですか。」

淳子は驚いたように背を立て、吊り上り気味の眼を瞬かせた。

「こいつ、なんかそういうとこがあるじゃないの。感じない？」

「でも、跡村さんの絵は男性的で、ちっとも母性的なところはないでしょう？」

「だから、あなたは騙されてるのよ。」

「いや、だからこいつの絵はダメなのよ。」

木賊と淳子の間に湊が割ってはいった。

「ちょっと待て。男性的だからダメなのか、それとも母性的だからいけないのか。」

築比地が両手をあげて議論を遮った。

「作品と人間をごっちゃにするからわかりにくくなるのさ。」

「そうしたのは湊じゃないか。」

「名古谷がいたらさ、要するに作品も人間もダメってことさ、ケケケって笑うとこだぜ。」

湊がおかしそうに言った。

「あいつ、どうして来ないの?」

木賊が今のやりとりなど忘れたように跡村に訊ねた。

「どこかで火焔瓶でも投げてるんじゃないのかね。とても忙しくて暇人の集りには出られないって葉書が来たよ。」

「大丈夫かね、捕まったりしないのかな。」

築比地が心配そうに言った。ふっと皆が黙った。

「驚かないでよ、いつもこの会はこんな調子なんだから。」

淳子を慰めるような跡村の声が聞えた。無言で仲間の会話に耳を傾けながら、いや、いつもとは少し違うな、と明史は思った。淳子がいることによって皆がやや燥《はしや》いでいるのが感じられた。そして全く同じ理由によって、逆に自分の気持ちが次第に落ちこんでいくのを彼は意識した。今ここに淳子が外部から参加しているのと同様に、かつて幾度か染野棗《なつめ》も〈夜光虫〉の集りに出席したことがあったからだった。

明史達が高校の三年生に進んだ春、本格的な男女共学制が実施され、一年生に男子生徒三百名と女子生徒百名が入学した。男ばかりの旧制中学から新制高校へと昇格して間もない学校に、突然花が降って湧いたかのように出現した女生徒の姿は鮮烈だった。休み時間に二階の教室の窓から校庭を眺めると、ほとんど全校の半分が女生徒達に占められたかのような印象を受けた。制服もなく自由な身なりで登校する彼女達は、アスファルトの校庭いっぱいに様々の色彩を撒き散らして走ったり跳んだりした。そしてその中に、肩まで垂らした髪を軽やかに揺する棗の輝く姿もあったのだ。違ってしまった、こんな筈ではなかったのに、と胸の内に呟きながら、明史は教室の窓から彼女を見つめ続けた。それは大学の受験勉強と重なった辛く苦しい一年間だった――。

なにも知らない仲間達は、まだ棗が入学する前の中学生の頃から学校の文化祭に明史が招いたことのある彼女を、家が近いための彼の特別の友人として扱ってくれた。当時は原稿を綴じ合わせただけの回覧形式の同人誌だった〈夜光虫〉の批評会に、一年生の棗を誘ったらどうかと湊が声をかけてくれもした。

いつ血が噴き出すかわからぬ傷口を抱えたままの明史がおずおずとそれを伝えると、意外にも棗は出席したい、とすぐに同意した。

出て来なければいいのに、と思いつつ、一方で彼は棗の返事を喜んだ。当時の彼は、彼女の傍に居たいのか居たくないのかが自分でもわからなかった。顔が見えなければ不安だし、眼の前にいれば苦しかった。あれほど好きだった棗が、そして彼女の方も同じ気持ちでいるに違いないと信じて疑わなかった棗が、それだからこそ府中街道に沿った丘の林の中で幾度も口唇を合わせた棗が、明史の通う高校への念願の入学を果した直後、まさか別れの言葉を口に出すとは考えてもいなかった。いや、彼女が告げたのは単純な別れではなく、二人にとってかけがえのない意味を持つあの「丘」へ行くことの拒絶であり、「大事なお友達」の範囲に踏みとどまるしかない、との一方的な通告だった。その裏には、彼女の家に親しく出入りして泊って行くことも多かった、一橋大学の大学院に通う小堀の存在があった。おそらくは家同士交流のある双方の親の間に、息子と娘の将来に関する話が決められたのに違いない。それでなければ、高校に合格した春休み、小堀に連れられて高松にある彼の家を訪れ数日滞在した棗が、帰京してすぐ明史を呼び出してそんなことを告げる筈はなかった。

高校の受験勉強をみてもらっていた小堀と棗の間が、前から明史は気にかかっていた。棗の家に自由に出入りする小堀は所詮大人の世界の人間であり、彼女と自分はそれとは全く別の新しい小宇宙を作り出したのだ、と明史は信じようとした。

それでいながら、通学の朝、遠くに農工大学の馬場の白い柵が見える小道から、一晩泊ったらしい小堀と肩を並べて棗の出て来るのにぶつかると、明史は身を捩るような苦痛を覚えずにはいられなかった。中学生とはいえ大柄で大人びたところのある棗と小堀の連れ立った姿は、明史のはいりこめぬ関係をそこに見せつけるかのように思われた。

しかし棗が明史の通う高校に合格し、同じ学校の一年生と三年生になれたなら、小堀の存在など問題にもせずにすむ日が来るだろう、と彼は夢見ていたのだった。

だから、いざ新学期が始まろうとする直前の棗の言葉は、明史を打ち砕いた。それがもし、親の反対によって明史との交際を禁じられたのだが、自分の気持ちは少しも変っていない、と彼女が告げてくれたのであったなら、彼はあらゆる障害を乗り越えても彼女を摑み取り、守り抜こうとしたことだろう。

だが、そうではなかった。明史の誘いに対して、もうあの「丘」に行ってはいけないのだ、と表情のない病人に似た顔で繰り返した後、さよならは出来ないから「大事なお友達」になってくれ、と彼女は悲しげに訴えただけだった。地獄だよ、そんなのは、と明史は呟いた。高校最後の一年間、その地獄が実現した。

思いが遂げられぬなら、いっそ眼の前から消え去ってくれ――「丘」の上で二人で過した時間の生々しい記憶に身を焼かれたまま、明史は幾度もそう願った。しかし、今や同じ高校に通う二人は朝毎に顔を合わせ、一緒にバスに乗り、電車に乗り替え、学校の廊下ですれ違い、帰りには校門でぶつかることもあった。両手両足を縛られたまま、彼は瑞々しい果実の前に立たされていた。

しかも彼は、時には何ごともなかったかのように親しげに語りかけ、また別の時には慕い寄る表情で近づいて来る棗に、一層苦しまねばならなかった。「丘」の触れ合いが絶たれ、二人の未来にはもうなにもないというのに、棗の態度は前とほとんど変らなかった。彼女が近づけば苦しむのは確かだったが、かといって彼の望み通りに冷やかに背を向けられればなお痛みは募った。そして未練がましく彼が「丘」の話を持ち出した時だけは、彼女の表情がさっと透き徹り、遥か遠くを見つめる眼つきになって黙りこんでしまうのだった――。

高校時代、〈夜光虫〉の批評会に幾度か出席していたのは、そんな棗だった。同人の作品も幼かったし、一年生とはいえ早熟気味でやたらに多くの本を読んでいる彼女の発言はメンバーの盲点を突くことがあり、議論は充分に嚙み合った。ただ、明史が傷心をテーマにした詩を発表した号から後、仲間がいくら誘っても棗はもう批評会に顔を出そうとはしなかった。

跡村の連れて来た淳子の出現によって、いつか身体の底に動き出していた棗の面影を明史はじっと見つめた。高校三年生になった彼女は、もう受験勉強の追い込みにはいった頃だろう。今でも小堀に勉強をみてもらっているのだろうか――。

高校を卒業して大学に進み、更に親の転任によってお互いの住いが離れたため、明史はようやく棗から自分を解放することが出来た。その解放はしかし、予想以上の苦痛をともなわずにはいなかった。顔を合わせる機会がなくなれば、たとえ一時は辛くとも俺は棗を忘れられる、それが双方の幸せに繋がるに違いない、と考えたのだが、会えなくなってみて初めて、彼は自分の内に穿《うが》たれた空洞の大きさに狼狽《うろた》えた。二度目の別れは最初のものほど衝撃的ではなかったが、かわりに長く尾を引いて彼につきまとった。大学にはいってからも時折取り合っていた連絡が次第に間遠となり、遂に跡切れるまでにたっぷり一年はかかった。街でふと見かけた女生徒の後姿に思わず立止り、慌てて追いぬいて顔を見るまで落着けぬ、といった状態が最近になってようやく遠のいていた。

それでもなお、〈夜光虫〉の会合に女性の出席者があったりすれば、やはりその人物をふと棗に置き換えてみたくなる衝動に彼は駆立てられた。

「どうした倉沢、元気がないな。」

折り畳み椅子に坐った簗比地から声をかけられ、明史は我に返った。

「睡眠不足でな。」

「なにか、書いていたの？」

跡村が明史を覗き込んだ。自分のアトリエに背を支えられた自信の溢れる質問だった。

「書こうとは思っているんだが……。」

「みんな、そう言うんだよね。」

跡村の口調には、同情というより憐憫の響きが隠されているようだった。

「倉沢は、今度の号は小説を書くんだろ。」

編集長役の湊が念を押すように言った。

「そうするつもりだけれど。」

「前から話している『離乳期』という奴か？」

築比地が冷やかし気味に笑った。途中まで書きかけて投げ出したままの小説が重い気分で思い出された。親と別れて一人で生活し始めた学生が、新しい環境の中で遠く離れた母親を眺め、老いの入口に立った彼女の姿を発見するという話なのだが、主人公の傍らには初々しい恋人がいる筈だった。母親に向う主人公の視線は恋人との関係の中で様々に変化する。ところがその恋人を描こうとすると、どうしても棗の顔が浮かんで来てしまう。忘れようと努めている彼女のことは書きたくなかった。作品の中の恋人は主人公に影響を与える範囲であっさり描けばいい、と思うのに、いつか棗の姿が忍び寄っては明史の筆を重くした。

「もう赤ん坊はとっくに離乳して、そこらへんをヨチヨチ歩き出しているんじゃないのか。」

「そうかもしれんな。」

築比地の言葉に明史は苦笑した。あるいは、俺の離乳とは母親を対象とするものではなく、棗から離れることであるのかもしれぬ、という考えが色のない光のように身体の奥をかすめた。予告以来、あまりに時が経つのに一向に現れない作品を築比地はからかったのだが、案外彼の言葉は当っているような気がした。題名は変えなければなるまいが、今なら棗のことを正面に据えた作品がなんとか書けそうに思われた。主人公が願いを遂げられぬ相手の少女は、どんなに美しくてもよかった。そして二人の間が熱く燃えれば燃えるほど、結末の悲しさは切実なものとして迫るに違いない。もしも作品が充分の手応えを残して完成するならば、その時自分は本当に棗を忘れて独り立ちした一歩を踏み出せるのではあるまいか。たとえヨチヨチ歩きであったとしても——。

「これ、影浦さんじゃないの?」

クッションに坐ったまま、すぐ横の壁に立てかけられているキャンバスを起して覗き込んでいた木賊が、突然頓狂な声をあげた。どれがとか、見せろ、見せろ、などという仲間の声に促され、彼は一枚のキャンバスを皆の方に向けた。だめだよそれは、まだ出来ていないんだからさ、と口ではとめながらも、跡村は手をあげただけで立上ろうとはしない。

六号ほどの小さなキャンバスに、黒味がかった赤を背景にして藤色のブラウスを着た若い女性の上半身が描かれている。人物の輪郭に黒い線が添えられているためか女性の顔は尖っていたが、やや吊り上った眼もとや細い鼻筋などは、確かに淳子の面影を窺わせた。もじもじと椅子の上に坐り直した彼女が、居心地悪そうに跡村をちらと見た。

「似てるねえ。」

簗比地が感心した口振りで言った。

「いや、待てよ。これはちょっと問題だぞ。」

大仰に身を乗り出した湊が、淳子と絵との間に忙しく視線を往復させた。

「いやだわ。」

淳子が両手で顔を覆った。

「もう少し正確に描かなければ、影浦さんが可哀そうだぞ。」

「どういう意味だ？　どっちがいいの？」

跡村がはにかんだ笑いを滲ませた。

「本物の方に決ってるじゃないか。」

「でも、それは跡村さんの作品で、私とは関係ないんですから。」

手を離して背筋を立てた淳子が、居直るように湊に顔を向けた。

「だから、こいつはまだ正確に貴女を見てはいないことになる。」

「しかしね、僕は君が考えているようには素朴リアリズムで描いてないのかもしれないよ。」

「もっと問題だよ。モデルの責任ではなくて、もしかしたら才能の問題以前の、跡村の本質に関わる問題かもしれんぞ。」

「困ったね。」

一向に困った振りも見せずに淳子に眼を向ける跡村が明史には羨しかった。一枚の絵を間に挟んで成立する跡村と淳子の関係がひどく肉感的なものに思われた。

「名古谷がいなくてよかったよな。」

明史は少し意地悪く言った。

「なにを言い出すかわからないからな。」

築比地がすぐに応じた。

「いや、あいつの言うことはもうわかっているからさ。」

さすがに本人の前では裸とかヌードとか口に出しにくく、明史は言葉を濁した。職業的なモデルではなく、恋人の裸体を画家が描く時はどんな気持ちなのだろう、と想像してみたが見当はつかなかった。

その夜の集りは、影浦淳子が参加したこともあってどこか調子が狂ったらしく、論議は昂揚したようでありながらあまり実質的な稔りを残さずに解散することになった。

ただ、最後に次号の原稿の予定を確認し合う時だけは、明史は少し緊張した。本当に棗を中心に据えた「離乳期」を書くつもりなら、それなりの覚悟が必要だったからだ。

「うん、書くよ、五、六十枚。これまでとは違う凄い奴をな。」

湊に訊ねられた明史は最後にそう言った。

「いつだって、倉沢は出来る前は凄い作品なんだよな。」

木賊が壁際で笑った。

「いや、今度は本当なんだ。読んでくれればわかる。」

そう答えると、本当にそんな気分が湧いて来た。母親からの離乳という単純な目論見ではなく、それは大切なものを失った痛手からの恢復であると同時に、棗とともに燃えたあの輝やかしい少年期からの離脱を意味する切実な営みになるのかもしれなかった。

跡村のアトリエを出た同人達の上に、小さな月が昇っていた。青白い、いかにも遠い月だった。

「彼女、どうするんだろうね。」

後に残った淳子が気がかりらしく、築比地が跡村の家の方を振り向いた。

「泊るのかもしれんよ。」

先を歩いていた湊が答えた。

「そして、同じ部屋に寝るのか。」

木賊が抗議する響きの甲高い声をあげた。

「さあ、跡村に訊いてみな。」

湊の返事は二人の関係を面白がっているように聞えた。俺達はそうはなれなかった、と明史は思った。ここから電車に乗って三十分も西へ走ればそこには今でも棗の住む家がある、とはとても信じられなかった。その家は、初秋の澄んだ夜空に冷たく光る月よりも遥かに遠く離れていた。

3

秋の試験が終るとすぐ、明史は〈夜光虫〉に載せる小説に取りかかった。棗を中心に据えた作品を書こう、と思い立った以上、もう避けては通れぬ気持ちだった。

いざ書き始めてみると、それは予想以上に辛い仕事となった。以前、母親や家庭を漠然と思い描いて「離乳期」を書きかけた時、主人公の傍らに顔を出す少女を描くだけでも苦痛だったのに、今度は彼女を中心に据え、正面から向い合わねばならなかったのだから。

もう大丈夫だろう、傷が癒えたとはいえないまでもかさぶた程度は出来ている、と考えていた明史は、書くことがその固りかけたかさぶたを引き剝がす結果になるのをあらためて思い知らされた。かさぶたの下にはまだ薄赤い皮膚が生れてはおらず、無理に剝がそうとすればまた疵がぱっくりと口を開きそうだった。試験が終ったというのに夜遅くまで机に向い続ける明史に感心した笹本のおばさんが、寝巻の上に毛糸の茶羽織をひっかけてお茶と乾いた菓子を持って来てくれたりする。そんな際、彼は原稿用紙の上に慌てて教科書を開き、赤鉛筆でアンダーラインを引く真似をした。まさか机の上を覗き込みはすまいが、難しい勉強をしているのでしょうね、などと言って原稿をちらとでも見られたくなかった。小説を書く時、いつも自分がなにか恥しいことをしているような意識に捉われる明史にとって、今回の作品はとりわけ隠しておきたいものとなっていた。

「勉強はいいけれど、あまり寝不足が続いて身体をこわしたりしないで頂戴ね。」

「大丈夫です。うちにいたって同じようなことをしてますよ。」

香ばしい焙茶《ほうじちゃ》を啜りながら、出がけに部屋の入口で足を停めたおばさんに明史は答えた。

「病気になったら、お母様に恨まれてしまうわ。勉強の他に家庭教師まであるんですものね。」

「家庭教師といっても、あれは楽なものだから。」

「明史ちゃん、なかなか評判がいいみたいよ。万里ちゃんの成績が少しずつあがり始めたようだって、麻子さん電話で喜んでいた。」

「そうかなあ……。そんなに簡単にはいかないと思うけど。」

おばさんの言葉は意外だった。夏休み明けのテストの成績について妙な首の振り方をした麻子の横顔が、まだ明史の眼の底に残っている。その後幾度か通っている間に、娘の成績の話が母親の口から出たことはなかった。

「週二回にふやしてもらうのは無理かしらって訊くから、図に乗りなさんなって言っておいたわ。」

おばさんの顔は笑っていたが、明史の意向をちらと窺う気配もあった。教える回数をふやす話も初耳だった。おばさんを経由しないで直接こちらに言ってくれればいいのに、と思いつつも、彼は悪い気分ではなかった。収入が二倍になるのは有難かったし、それ以上に唐津家に通う回数の増すのが嬉しかった。

「通えると思いますよ、大学の方はそれほど無理しなくても。」

「でも、自分の勉強に差障りがあると困るから、あまり苦学生の真似なんかしないでよ。あの人の所は遠いんですもの。」

「時間割を睨んで、一度考えてみます。」

まあ適当にね、と頷いたおばさんは、おやすみなさい、と言い残して部屋の襖を閉めた。

一人になると明史は新生に火をつけた。原稿用紙の上にのせた教科書を直ちにどけてまた万年筆を握る気がせず、そのまま畳の上に仰向けに倒れた。書いたり消したりし続けたための熱い疲れが、背中から畳に滲み透って行くようだった。容易に進まぬ眼前の小説の傍らに、なにか小さな明りのぽっと灯るのが感じられた。煙草の煙を細く吹きあげながら、この気分はなんなのだろう、と彼は天井を見つめてしばらく考えていた。

日が経っても〈夜光虫〉のための作品が捗らぬことに苛立っていた明史は、本館沿いの植込みの前で向うから来る牛尾を認めた時、慌てて図書館の方に折れようとした。

「よう、いいとこで会った。」

ゴム草履をはいた牛尾がひたひたと近づいて声をかける方が早かった。

「カンパなら金はないぞ。」

仕方なく足を停めた明史は、ズボンのポケットを上から叩いてみせた。出来ることなら、今日はそっとしておいて欲しかった。

「ばか。今日三限が終ったら、文研の部屋に来てくれないか。」

「なにがあるんだ。」

「緊急の総会を開いて相談したいことがある。」

「みんな集るのか。」

「それを今捜しているんだが、誰かみつけたら伝えておいてくれよ。」

無精髭の伸びかけた頬を掌で忙しくこすりながらそれだけ言うと、返事も聞かずに牛尾は昼休みの構内を遠ざかって行く。どこかで弁当を食べたら午後は図書館にこもって小説の続きを書こうかと考えていた明史だったが、牛尾にそう言われてしまうと無視するわけにもいかない。たとえ図書館にいたとしても、すぐ近くでサークルのメンバーが集っているのを知っている以上、落着いて原稿用紙など拡げていられる筈はない。午後の計画を諦めて、明史は日当りの良い植込みの芝生に足を向けた。躑躅の茂みの横に腰をおろしぼんやり正門の方を眺めている木賊の姿が眼にはいった。高校から一緒の友人には、大学にはいって識り合った人間とは別の気安さがあった。木賊の横に鞄を投げ出すと明史は黙って芝に坐った。ちらと彼を見た木賊は微かに頷いたが、また眼を正門の外に向けた。

「飯は？」

「さっき食堂で食った。」

「俺、弁当があるんだ。ここで食うかな。」

「食えよ。」

命令するような木賊の口調がおかしく、明史は笑いながら弁当箱を開いた。

「毎日弁当作ってくれるのか。」

無言で箸を運ぶ明史に木賊が訊ねた。

「うん。」

「美味いか。」

「食わないとばてるからな。」

「うちにいた時と比べて、どっちがいい？」

「決ってるじゃないか。うちにいたら、今年のメーデーだって、あのデモに行けたかどうかわからない。」

「おやじさんがなにか言うか。」

「だって、逮捕者の取調べは東京地検が中心になって、仙台や名古屋や大阪の検察庁から検事を動員してやっているんだぜ。うっかりパクられて、取調室の机の向うにおやじがいたりしたらどうなる。」

「長野からは来ないのか。」

「さあ……、少なくともおやじは来ない。幸か不幸か、多少エラクなったから、応援に来たりはしないだろ。」

答えながら、実際に父親が俺を取調べることなどあり得ないのだ、と明史は思った。そうなった方がかえって楽かもしれない。しかし夏休みに家に帰った時、母親がぽつりと言った。

「もしあなたが何かして、警察に捕まるようなことでもあったら、おやじさんはお勤めをやめるつもりでいるからね。」

そんなばかな、とその時明史は母に食ってかかった。検事の息子が学生運動に関わって逮捕されでもしたら、確かに具合の悪いことではあるだろう。しかし二十歳前後にもなればもう独立した人格なのだから、息子が父親とは異なる思想や世界観を持つのは当然ではないか。思想はいいのだ、と母は妙に静かに答えた。ただ、やることが問題なのだ、と。母の言葉が父親の論理の受売りであるのを明史は知っていた。行動となって表れた以上、それが法律に触れれば社会的制裁を受けるのは避けられぬ、とかつて幾度となく父は言った。行動に表れないような思想は思想としての力を持たない、というのが息子の考え方であり、父と子はひと頃しきりにヒステリックな衝突を繰り返した。そしてある時期から、二人はふつりとその論争を中止した。暗黙のうちに、それは彼等の禁忌となっていた。かわりに、母親がひどく湿っぽい声で自重を促すようになったのだ。

もし自分に何かが起ったらおやじは仕事を続けられなくなる、などというのは卑劣な脅しだ、と明史は母に食い下った。理屈はどうなるかしらないが、あの役所はそうした世界なのだから、と母は眼の光を強くした。

自分は政治組織にはいっているわけでもないし、学生運動の中心部にいるのでもない、だから余計な心配はしないでくれ、とは明史は言わなかった。そんなことは口が腐っても言いたくなかった。まして、自分自身、もっと本格的な活動に進んで行かなければと思いつつ、そうするのが本当は怖いのだ、などと言える筈はなかった。

身体の後ろに、明史はいつでも父親の職業という濡れた尾に似たものを引きずっていた。しかし、無届けの街頭デモで警官隊と衝突しそうになった際の胸を締めつけられる恐怖や、警棒で頭を割られるのではないかといった戦慄は、全く生理的なものであり、父親の顔をした重い尻尾とは関係がないらしいことにも彼は気づいていた。

今年の五月一日、講和条約が発効して日本が曲りなりにも独立国となり、日米安全保障条約のもとにアメリカ占領軍が「駐留軍」と名を変えた後の最初のメーデーに参加して、明史はそのことを痛感させられた。

解散場所である日比谷公園にデモ隊が到着し、やがて歌声と怒号のうちに、政府によって使用が禁止された皇居前広場に向けて隊列が進み始めた時、明史はただ流れにのって濠端の道を馬場先門の方に歩くだけだった。

一度行手を阻まれた行進は、警官隊の阻止線が解かれたのか、どっと広場になだれこんだ。そして午後の薄い日差しを浴びながら、これだけのことだったのか、と二重橋の見える玉砂利の上に腰をおろして休んでいた時、少し離れた道の方で突然うねりのような人の動きが起った。

砂埃の舞い上る方に駆けつけた明史は、プラカードの柄を構えるデモ隊と警棒を振りあげる黒ずんだ制服との乱闘に捲き込まれ、たちまち追い散らされて一目散に逃げた。それからのことは、どこでどう繋がるのかわからぬ切れ切れの断片しか覚えていない。頭から血を流す若い女を背負って走る男がいた。催涙弾の煙に眼が痛く咽喉が詰り、やたらに鼻水が流れて息が苦しかった。水飲場の脇に横たえられて泣いている女がいた。また砂埃と喚声があがり、遠くに赤や青の旗が揺れた。

ただ一つ、明史にはっきりしているのは、ひたすら逃げたことだけだった。誰に立ち向おうともせず、傷ついた誰を助けようともしなかった。衝突の繰り返される広場の奥から濠端近く迄逃れると、低い松の木の下や石垣の土手に坐ってのんびりと午後の時を楽しむ男女連れの夢のような光景があった。それでもまだ安心出来ず、彼は小走りに広場を出て追う者もないのに東京駅まで逃げ続けたのだった。父親の職業も、母親の心配も頭にはなかった。恐怖に充たされて小刻みに震える身体しか記憶にない……。捕まるかもしれないから逃げたのではない。怯えた小さな獣のように闇雲に走ったに過ぎない。

だから、突きつめていけば、父親の職業が問題なのではなく、自分の臆病さこそがすべての底にある。もしも父親が検事や警察関係の人間ではなしに笹本のおじさんのように会社勤めをしていたとしても、やはり明史はあの乱闘の場から一目散に逃げたろう。そしてもし自分がこれほどに臆病でなかったら、逆に父の職業という重い尾をこちらから断ち切れるのかもしれない――。そこまではなんとか考えを追えても、ではどうすれば自らの臆病を克服し、弱さを乗り超えて行けるかとなると、明史には皆目見当がつかない。それは牛尾など活動家の学生がよく口にする理論武装の問題や、中国革命から学べという自己改造の課題ともずれた、ほとんど生理的な感触を持つなにかであるらしかった。

「映画観に行かないか。」

明史が味のない弁当を食べ終った時、突然木賊が言った。

「映画?」

「オーソン・ウェルズの『第三の男』を渋谷でやっているんだ。」

「行きたいけど、三限の後で文研の緊急総会がある。」

「文研か。文学研究会なんていっても、あそこに本当に才能のある奴がいるのかね。」

「あまり本気で小説を書こうという空気はないな。まあ、半分は活動家の集りみたいなものだから。」

「参加の文学って奴か。」

「いや、サルトルじゃなくてね、もちろんカミュでもなくて、社会主義リアリズムっていうか。」

「それ、面白いのかな。」

「面白いかどうかより、今の現実をどう捉えるかの問題だろ。」

「今、小説書いている？」

「ああ、〈夜光虫〉に出す奴をな。」

「社会主義リアリズムか。」

明史は言葉に詰った。〈夜光虫〉に発表する小説を文研の仲間に読ませたとしても、そこで評価される可能性はまずなさそうだ。というより、なにか場違いの感じなのだ。としたら、自分は二つの場を適当に使い分けていることになる。どちらに本当の自分がいるかとなれば、おそらくそれは〈夜光虫〉の側であり、だから〈夜光虫〉の自分を文研の場に向けて押し出して行かねば……。書きかけの原稿用紙の上で棗の顔が苦しげに歪んだ。そんなふうに書かれるのは厭だ、そんなに太く固いペンで私を書かないで……。

社会主義リアリズムと一言にいっても内容は複雑で、と明史が曖昧な答えを口にしようとした時、木賊はもう立上っていた。

「じゃ、一人で行くからな。」

ズボンの尻についた芝を払うと、学生帽を阿弥陀に被った彼はゆっくり門を出て行った。取り残された明史はふと孤独を感じた。何かに摑まりたいと思うのに、どこにも手のかかるものがない。本当の自分はぽつんと宙に浮き、心許なく揺れている。まわりの誰もそのことを知らないだけだ。

畜生、と声に出して腰をあげた彼は文研の部屋のある寮の建物に向った。総会までには間があるが、部室は文研所属の寮生達の寝起きする部屋なのだからメンバーの一人や二人はいる筈だった。

ひんやりとした寮の入口をはいり、湿っぽい臭いの漂う階段を二階に昇ると「文学研究会」と書かれた貼紙の破れかけているドアをノックした。こもった低い声が聞えたようだった。廊下も暗いのだが、北側で一日中陽の差さない室内は更に暗く、むっとする臭気が澱んでいる。北向きの窓から外光の明るさは辛うじて届くのに、様々の方角を向いて置かれたベッドの頭に本棚が立てられたり、カーテンが吊られたりして光が遮られるために、部屋は穴ぐらのように薄闇の底に沈んでいる。光に溢れた戸外から足を入れると、眼が慣れるまでは物の影しか捉えられない。右手の隅に灯っている電気スタンドを頼りに明史は一つのベッドに歩み寄った。

そこは細かな手仕事をする老人の作業場のような陰気な雰囲気に包まれていた。机に押しつけられたベッドが椅子がわりに使われているらしかったが、その机を囲む形に本を並べたみかん箱が幾つか積まれ、穴ぐらの中の横穴のように眼に映る。

スタンドの明りを受けた白い顔が明史を認めてにやりと笑った。入学してから三年か四年経ち、とっくに本郷の学部に進んでいなければいけないのに、文研の部屋に棲みついて静かな主《ぬし》のように構えている東北育ちの真壁の顔だった。

「何しているの。」

机の上に並べられた卵を見て明史は訊ねた。

「穴をあけて中身を出して、かわりに胡椒をつめるのさ。」

手にした針の先を卵の尻に突き立てた真壁は、少し穴を大きくすると仰向いて中身を吸い始めた。

「それをどうする？」

「警官隊にぶつけるのよ。」

「本気で？」

「俺達には催涙弾なんてないからな。」

美味そうに中身を吸い終った真壁は卵の殻をスタンドの明りにかざした。

「胡椒はどうやっていれるのさ。」

「だから、難しいんだ。」

注意深く次の卵を取りあげる爪の伸びた真壁の指先を明史は見つめた。本当にそんな物が武器になるのか、と疑わしかった。薄い笑いを滲ませた真壁自身、その作業に熱中しているようでいて、どこかに戸惑いの気配もある。

「ちょっと俺達の仕事を手伝ってみないか。」

卵を机に置いた真壁が低い声で言った。

「その卵を作るのを？」

「別だよ、これとは。」

笑うと目尻に深いしわが刻まれ、黄色い歯がのぞいた。

「今度雑誌がひとつ出るんだが、人手が足りないんだ。」

「どこから？」

「あるところから。」

急に室内がしんと静まるような気がした。いま部屋にいるのは真壁と自分の二人だけであるらしいのを明史は意識した。

「編集の手伝いとか、そんな難しいことではないんだけどさ、ただ売るだけではなくて、買った人に働きかけて組織していく必要がある。」

「どういう種類の雑誌なんだろう。文学関係のもの？」

「誰にでも簡単に頼めるという仕事でもないんでさ。」

穏やかな表情を崩さぬまま、明史の質問には答えずに声は一層低くなる。

「非合法の雑誌ではないんでしょうね。」

訊ねる口調が真壁の依頼を引き受けるように聞えはしなかったか、と明史は心配した。

「非合法ではないよ。ただ、それだけに耕すっていうか、工作する面が重要なんでさ。牛尾も、倉沢なら大丈夫だって保証している。」

真壁は吸殻の盛り上っている紅茶茶碗から長めの煙草を一本拾い出し、親指と人差指で丁寧にしごくと火をつけた。

真壁に信頼され、文研のメンバーとしてではなく個人的に特別の仕事を頼まれることには誇らしい気分を掻き立てられたが、それ以上に重苦しい怯えがあった。どこまで自分が政党の活動の波に近づいていくかの決心もつかぬまま、ただずるずると真壁の背後の見えぬ闇の中に引きずり込まれて行くのが恐しかった。それでいて、自信がないから出来ないとか、サークルの文化活動を超える動きにまで参加するつもりはない、などと答えるのは意気地がないようで躊躇われた。

「俺、家庭教師の時間がふえそうなんで、あまり暇がないんだけど……。」

答える声が尻つぼまりに小さくなった。自分でも情ないほど後ろめたい声だった。

「やって行かないと、いつまでたっても勇気なんて出て来ないんだよな。」

薄い煙と一緒に、慰めるような言葉が真壁の口から吐き出された。勇気がない、などとは一言もいっていないだけに、明史の内部を覗き込んだような真壁の発言は身に応えた。どう言い返したらよいかと明史が惑ううちに、乱暴に部屋のドアが開いた。

「消耗、消耗、社研の謄写版、こわれてやがんの。」

半透明の原紙をひらひらさせた一年生の水垣は明史に軽く頷き、真壁の机の上をちらと見やって自分のベッドのある片隅にはいって行く。

「どうしたのよ、それで。」

真壁が伸び上って水垣の消えたベッドの方に声をかけた。

「だから、刷れないんだ。」

「困るよ。四時までに揃わないと、出かける人間がいるんだから。歴研の奴は使えないのか。」

「後で行ってみる。朝から飯も食ってないんだぜ。」

「生卵なら飲ましてやるぞ。」

「気持ち悪くて。蛇じゃあるまいし。」

二人のやり取りをぼんやり聞きながら、明史はまたいつもの居心地の悪さを覚えた。水垣が謄写印刷しようとしているのは、どこか外部に撒くビラででもあるに違いない。総会までには戻るから、と真壁に言い残して明史は部屋を出た。暗い廊下の先に階段の窓が白くぽつんと光っている。こんな所をうろうろしていないで木賊と映画を観に行ってしまえばよかった、という後悔が窓の白さに重なった。外のそんなに明るいのが不思議に感じられてならなかった。

4

唐津家へ向う明史の足はいつにも増して軽やかだ。秋も深まって曇り空の下の空気は冷えていたが、それを蹴立てるようにして最後の角を曲る。木々の葉が落ちてあたり一帯は夏より明るくなった感じだった。

苦労して書き上げた小説の載っているタイプ印刷の〈夜光虫〉が数冊鞄の中にある。八十枚ほどの作品で、これまで書いた中では長いものだった。「逢引き」と題をつけた小説の仕上りにはあまり自信がなかったが、とにかく書き終えて印刷されたことが嬉しかった。作品の内に閉じこめられた棗は、少し遠く、少し寂しげに立っている。これで忘れられるなどとは思わなかったが、傷口に埋ったままであった棘を掘り起し、眼の前に据える作業によって、棗との間に以前よりは明らかに透明な距離が生れていた。時間の中で済《な》し崩しに影が薄れるのではなく、痛みの輪郭線をはっきりと引けたことに彼は満足した。

万里子の成績があがって来たのも確かだった。とりわけ算数には顕著に結果が現れた。訪れる回数をふやす件については麻子から話のないまま日は過ぎていたが、教える努力が成績の向上によって報われるのは快かった。

ペンキの剝げかけた白い柵が見える辺まで近づいた時、木々の梢の間から淡い煙の立昇るのが眼にはいった。踝が被われるほどたっぷりと長い栗色のスカートを着けた麻子が、一本の太い木の根本に落葉を掃き寄せている。赤と茶のまじったスカーフで髪を包んだ彼女の姿は、木立ちを背景にしっとりと周囲に溶けこみ、そこだけは声をかけても届かぬ特別な世界のようだった。地面を睨んで一心に箒を動かす彼女の横顔が、しかし美しいというより怖いばかりに尖っているのに明史は驚いた。

そのまま眺めているのは失礼にあたるだろう、と思いなおした彼が低い木の門に靴音をたてて歩み寄った時、麻子がはっと怯えたように顔をあげた。

「なに？　どうしたの？」

一瞬、空白に抜けた顔から、意味のとれぬ声が放たれた。

「倉沢です。少し早かったですか。」

麻子の様子に捲きこまれた彼はどぎまぎして初対面に似た挨拶をした。

「いやだ、倉沢さんじゃないの。ごめんなさいね。」

竹箒を木の幹に立てかけた麻子は、ようやくいつもの顔を取戻すと恥じらいの滲んだ笑いを浮かべてみせた。

「びっくりさせましたか。すみません。」

「違うの。……自分が落葉みたいな気がしてたんだ、きっと。」

「落葉？　なぜですか？」

「地面に落ちても、これだけ集められたら綺麗じゃない？」

麻子は突然むせるように笑い出した。妙に乱暴な言葉づかいが新鮮で明史は惹かれた。一枚一枚でも充分綺麗ではないかと明史が答えようとした時、彼女は家の方を振り返り高く澄んだ声を投げていた。

「万里ちゃん、先生よう。」

二階の窓が開き、万里子がませた身振りで明史に手を振った。

「焼き芋が出来そうね。」

今度はくくくと低く笑って麻子は玄関のドアに足を向けた。

その日の勉強は順調に捗り、予定した分量を三十分も早くこなしてしまった。

「後は漢字の書き取りをしようか。」

明史がそう言うと、万里子は眼をむいて首を傾げた。おどけた表情の中に、それが命令ではなく、どちらでもかまわぬ程度の誘いであることを察知した気配をのぞかせている。

「お紅茶をいれるから、もうおしまいにしたら？」

台所から玉簾を分けて麻子が顔をのぞかせた。

「ハハが、ああ言って、おりますが。」

万里子がひと言ずつ首をがくがくと振り、口唇を尖らせて精一杯咽喉に潰した声をたてた。

「そうですか。仕方がありません。」

万里子の真似をして押し殺した声で応じた明史は、椅子に背を反らすとポケットからピースの箱を取り出した。いそいそと立上った娘はテーブルの教科書をまとめて後ろの棚に置き、部屋の隅のソファーに身を投げた。

白い薄手のティーカップに輝くばかりの紅玉の液体が湛えられ、小振りの角砂糖と品良くスライスされたレモンが別々のガラス器に盛られている。自分のうちでも笹本の家でも紅茶は飲むけれど、麻子の出してくれるそれはまるで別の飲み物のようだった。細やかなお茶の味など明史にわかりはしなかったが、その紅茶は麻子の暮しの香りを豊かに漂わせていた。こんな環境で育てられる子供はどういう娘へと成長していくのだろう、と思いを馳せながら、カップの縁に左手の細い指をそえてお茶を啜る万里子を眺めた。まだ整うまでに程遠い少女の顔は、しかしくっきりとした大きな眼や鋭く薄い口唇の線に母親の面影を受け継いでいる。としたら、麻子とはあまり似ていない突き出た丸い額や短めな鼻の線は、もう一人の親から渡されたものなのか。一度も会ったことのない万里子の父親の容貌を想像するとなんとなく疎ましく、場違いな存在のように感じられてならなかった。

「倉沢先生に来て頂いて折角成績良くなって来たんだからさ、お勉強の時間、もう一回ふやすように先生にお願いしてみようか。」

明史の前に灰皿を出した麻子が娘を覗きこんだ。

「いいよ、万里子はそれでも。」

当然のように答える娘の表情には、母親の言葉を聞くのが今初めてではない様子が窺われた。

「いいよじゃなくて、お願い出来ますか、でしょう?」

万里子は黙って明史の顔を見た。ことの運びがどことなく芝居じみているようでこそばゆかった。

「大丈夫です、僕の方は。前にもちょっと笹本のおばさんからその話は聞きましたし。」

「よかったわ。こっちにあまり時間を取られて、御自分の勉強に差支えると困ると思って。」

「でも、この調子で万里ちゃんの成績があがって行くと、凄いことになりますよ。」

家庭教師が週二回になる喜びを押し隠した明史の言葉には、相手に迎合する響きがあった。

「万里ちゃん、もう仕方がないから一番になりなさい。」

「だって柳田さんがいるもの。」

麻子の燥いだ声に娘はひどく現実的な答えを突きつけた。

「だから、柳田さんを抜いちゃうのよ。」

娘の方が妙に大人びた親子のやり取りだった。

「無理だよ、それは。」

外国ものらしいクッキーをつまんでのお茶の時間が終ると、万里子は教科書を抱えて二階に昇り、居間に二人が残された。窓の外はたそがれの色に変り、おそらく明りの灯された居間だけが木立ちの中に浮かび上っているに違いない。足許の電気ストーヴに快く温められた部屋にもう少し坐っていたかったが、そろそろ腰をあげねばならぬ時刻だった。

勉強の回数をふやすとすれば来月からにしてもらいたい、と麻子に告げて明史は帰り支度をした。そう、とだけ答えて立上った麻子は、黒褐色のサイドボードの扉を開け、赤と白の色彩鮮やかな細長い箱を取り出した。何かわからなかったが、ひどく豊かなものとの印象を受けた。紙の破れる荒々しい音とともに、カートンから白地に赤い丸のついたラッキーストライクが幾つかテーブルの上に転がり出た。

どうぞ、これ、と二つ重ねた箱を明史の前に置くと、麻子は慣れた手つきで封を切り、ちらと二階の方を見やってからくわえた煙草に火をつけた。

「煙草、吸うんですか。」

明史は呆気に取られて彼女を見守った。まだ若い母親が家庭で煙草を吸うのも珍しい光景だったが、深々と煙を吸い込んで細く吐く仕種がいかにも大人の女を感じさせた。

「つまらなくなると、時々ね。」

「つまらないのですか。」

「あら、ごめんなさい、今のことじゃないのよ。」

「ええ、わかっています。」

なぜかどぎまぎして明史は答えた。どうみても、たまに悪戯半分に火をつける煙草の吸い方ではなかった。としたら、これまで明史に対してもそれを隠していたわけだろう。急に身近になった気のする麻子と一緒に煙草の吸えるのが嬉しかった。

「明史ちゃん、いま二年？」

麻子が物憂げに煙草の灰を落した。明史ちゃんという親しげな呼ばれ方も初めてだった。笹本のおばさんの真似をしているのかもしれなかったが、万里子の頭越しに先生と呼ばれるよりはずっと快かった。

「ええ。三年からは本郷に通います。だからこちらに寄るのも近くなるので――。」

そんな先まで家庭教師を頼まれるかどうかはまだわかっていないのだ、と気がついて彼は顔を赤らめた。

「助かるわ。本郷に移ると学部が変るんですってね。何学部に行くの？」

ことなげに答える麻子に彼は救われた。

「経済です。」

「経済学部？　文学部だとばかり思っていた。」

「文学部に行こうかと受験の時には色々迷ったのですが、結局経済学部に決めました。」

大学受験の折に、法学部・経済学部へと進む文科一類を選ぶか、文学部へ進学する文科二類を受けるかで父親と激しく言い争ったのだが、そんな経緯をいま麻子に説明する気にはなれなかった。文学部に猛反対する父親に、法学部などには絶対に行きたくないと意地になって言い返し続け、結局はある先輩の助言もあり、小説を書くためには社会科学の勉強をせねばならぬと納得し、自分では経済学部に進むつもりの文科一類を受験した。そこには法学部志望者も含まれていたので、父親との間にとりあえず妥協の成立した形となった。しかし三年生からの学部選択に当っては、彼は親には告げずに経済学部を選んでいた。

「なにか書いているんだって笹本夫人が言っていらしたから。」

麻子は薄い煙を静かに吐いた。その上口唇は線のように薄いのにくらべ、下の口唇がぽっちゃりと重たげであるのに明史は初めて眼をとめた。臙脂がかった紅の色の所々淡く剝げた柔らかそうな下口唇には、熟れた果実の味わいがあるように思われてならなかった。

「書くといっても、同人雑誌みたいなものですから。」

「小説？」

灰皿に煙草を揉み消す麻子のほっそりした人差指が信じられぬほど反りかえった。

「ええ、まあ……。」

「読ませていただきたいわ、いつか。」

「……実は、出来たてのその雑誌を今持っているんですが。」

話の意外な展開に誘われて、躊躇いがちに明史は鞄を引き寄せた。読んでもらいたいようでもあり、読まれることに尻込みする思いもある。

「まあ、そこに持っているの？」

麻子は驚いたようだった。

「雑誌が刷り上ると分担の部数を売らねばならないので、いつも持ち歩いているんです。」

「買わせていただく、是非。」

「あまりうまくいっていないものだから……。」

「難しくて、私なんかにはわからない小説？」

「そんなことありません。男の子と女の子の話です、高校生くらいの。」

「恋愛小説だ。」

「でも、その逆です。」

「失恋なの？」

「そうなります、ね……。」

「だけど、素敵な恋愛小説はみんな失恋の話ではなくって？　『ウェルテル』だって、『野菊の墓』だって。」

奇妙な取り合せに戸惑いつつも明史は鞄から雑誌を出した。

大学の教室や喫茶店や駅のプラットフォームなどではなく、瀟洒な雰囲気の唐津家の居間に置くと、跡村の描いた静物画を黒と茶の二色で印刷した表紙の〈夜光虫〉は、なにやら見窄《みすぼ》らしかった。

更にタイプ印刷のその内容となれば、激越な調子でアメリカ駐留軍や警察予備隊を攻撃する名古谷のアジテーションの詩なども含まれているのだから、麻子がどのような印象を受けるかは心配だった。

珍しそうに雑誌を手にして目次を開いた麻子は明史の名前をみつけ、「逢引き」と作品の標題を声に出して低く読んだ。ページをめくり、書き出しの二、三行に眼を走らせる彼女に、ここでは読まないで下さいと明史が頼もうとした時、彼女は両手の間に音たてて雑誌を閉じた。

「後で、ゆっくり拝見するわ。」

テーブルの上に軽く身を乗り出し、下から彼を覗き込むようにして麻子は言った。もう失礼しなければ、とそそくさと鞄を閉じて明史は腰を浮かせた。

「お逃げになるわけね。」

悪戯っぽく笑う彼女は長いスカートを引きずるように立上り、黒いハンドバッグを開けて百円札を一枚明史に手渡した。慌てて彼はお釣りの十円玉をポケットに探った。

「お釣りはいいの。カンパっていうの？　そう、カンパします。」

これではあまりに多いと当惑する明史に、彼女は下から掌を煽って追い出す真似をしてみせた。


次の週に唐津家を訪れた日、麻子は〈夜光虫〉の小説について一言も口にしなかった。自分の体験をほぼ忠実に辿った作品であるだけに、もし彼女に何か訊ねられたらこう答えようとか、この種の感想にはこんなふうに応じよう、と身構えていた明史は拍子抜けがした。紺のありふれたスカートの上に手編みらしいグレイのカーディガンを羽織った彼女は、ごく平凡な母親のようにしか見えなかった。

カンパだといって数冊分の金をくれながら、実は中身などなにも読んではいないのかもしれない。金持ちの有閑夫人とはそんなものなのだろう。そもそも自分達の同人誌を彼女に売ったことが間違いだったのだ。棗との切実な別れを綴った作品が載っている〈夜光虫〉であるだけに、雑誌そのものが汚されたような感じさえ明史は受けた。それに対して数冊分の金が与えられたのだと考えると、屈辱感は一層たかまった。

個人感情に捉われていては本来の家庭教師の仕事さえおかしくなる、と明史は反省した。つとめて平静に万里子の勉強を見終った彼は、行儀よく紅茶を飲んで椅子を立った。

家に戻った明史は、先週報告するのを忘れていた家庭教師の回数が週二日にふえる話をおばさんに告げた。

「笹本夫人によろしくと言っていました。」

「そう、麻子さん、元気だった？」

「元気みたいですよ、別にいつもと変らなかったけど……。」

おばさんの言葉の裏に翳りのようなもののあるのを感じて明史は相手の顔を見た。

「それならいいけど、あの人も苦労があるらしいから——。」

「万里子ちゃんのことで？」

「あの娘《こ》は明史ちゃんに教えてもらうようになってから勉強が好きになって来たって、彼女とても喜んでるの。」

「誰かの病気とか？」

「病気ならねえ。」

「病気でもないとすると、なんですか。」

以前の明史であったなら、おばさんが言葉を濁せばそのまま遠慮して黙ったことだろう。しかし通う回数が重なるにつれ次第に麻子への関心を強く抱き始めた彼にとって、それは是非知りたいことだった。思案するふうに少しの間眼を宙に泳がせた彼女は、躊躇いがちに声を落した。

「あのうちで、麻子さんの御主人に会ったことある?」

「いいえ、一度も。」

「そうでしょうねえ。」

「僕は夕方までしかいませんから。」

したり顔で頷く相手に、なぜか反感に似た感情が湧いた。

「夜までいても同じなのよ。」

「どうして?」

「麻子さんに言ったらだめよ、私がこんな話をしたなんて。」

「言いません。」

「あそこの御主人、帰って来なくなってしまったらしいの。」

「それで、どこにいるんですか。」

「別の女の人のところに行ってね、今度横浜の方に家を新築したんだけれど、そこにはどうもその人がはいってしまった様子だわ。」

「すると、離婚して？」

「離婚はしないんじゃないのかしら。とにかく生活費は充分に渡されているみたいだけどね。」

「わからないな。どちらが別れたがらないんでしょう？」

「両方かもしれない。麻子さんには暮しの問題があるし、御主人の方は万里子ちゃんのことがあるし。」

「そんなになったら、もう別れて麻子さんは自分で働けばいいじゃありませんか。」

思わず興奮して、麻子さんという大人びた呼び方になった。そう呼ぶと、彼女が万里子の母親ではなく、一人の生々しい歳上の女に感じられた。

「女が働いて暮しを立てるのは大変ですよ。私なんか見当もつかない。」

自分の母親とほとんど年齢の変らないこの人だったらもう働きに出るのは無理かもしれない。しかし、おそらくまだ三十代の麻子なら、妻を無視するそんな男をこちらから振り切ってやればいいではないか。

「でも一番問題なのは、あの人がまだ御主人に未練があることなんでしょうね。端で見ているとそれが可哀そうで……。」

「わかりませんね、僕には。」

わからないのは麻子の持つ未練であり、可哀そうなところではなかった。

「明史ちゃんにはわからなくて当然よ。あんな立派な御両親の許で育って、まだ若いんだもの。大人の世界はね、理屈では割り切れないぐじゃぐじゃしたものがいっぱいあるのよ。」

おばさんに子供扱いされるのは不満だったが、明史は黙っていた。彼女に可哀そうだと同情された麻子の姿が、眼の底に蘇って動いた。麻子は竹帚を手にしていた。地面に落ちた葉は、乾いた囁きを擦り合わせて一本の太い樹の根本近くに掃き寄せられていた。積み重なった葉の頂きから溜息に似た薄い煙が立昇っていた。そしてその人は、焼き芋が出来そうね、と言ってから低く笑ったのだった。

そんな麻子に自分の小説の載った同人誌を売った行為が、今はなにやら滑稽で恥しかった。

「あの家に行く回数がふえるようだから、知っておいた方がいいかと思って話したの。そのつもりでね。」

おばさんは念を押す顔つきになって心配そうに明史を見た。わかりました、と嗄れた声で彼は答えた。

5

もう寒くなりました。この前の日曜日、長野には雪が降りました。積りはしなかったけど、今年の初雪は早いようだ、とみんなが話しています。

秋のお休みにはお兄さんが帰って来るかと楽しみに待っていたのに、会えなくて由美子はしょんぼりです。雪の降った日、夏休みにお兄さんとよく散歩した裏山のりんご園の道に登ってみました。展望台から見える街の上を、粉のような雪がさあっと走って行くのを見ていたら、なんだかとても悲しくなって涙が出そうでした。

おば様にお兄さんの東京の住所を教えてもらっていたのにお手紙を出さなかったのは、そうしていたら秋休みにお兄さんが帰って来るような気がしたからです。バカですね。自分のしたいことをじっと我慢していると願いがかなうような気のしてしまう変な癖が前からあるんです。もしかしたら、神様がいるのを信じているのかもしれません。

お正月のお休みには帰って来られるのでしょう？　そしたら、またいろんなことを教えて下さい。由美子、考えていることがあるのですが、今はまだ言いません。

さよなら

由美子

お兄さんへ

隅に鈴蘭の絵のついた淡い水色の便箋を畳み直して同じ色の小振りの封筒に戻すと、明史は頭の後ろに手を組んで仰向けに寝転がった。座敷の方で急にこの家の主《あるじ》の太い声があがり、賑やかな笑いが絡み、牌の掻き廻される音が起った。会社の同僚や部下を呼んで土曜日の午後からよく始められる麻雀がまだ続いている。一、二度明史も覗いたことのあるその席は、陽気で猥雑な空気のたちこめるものだった。父親の仕事の関係で役所の人間しか知らぬまま育った明史にとって、会社員と呼ばれる人達の生み出す遊びの輪は、違和感ばかりを覚える脂ぎって濁った世界だった。何をしているのか、時折おばさんの派手な笑い声までまじるのが一層苛立たしかった。

座敷のざわめきに邪魔されながら、いま二度目に読み返した由美子の手紙にどんな返事を書いたものか、と彼は迷っていた。今年は冬の早いらしい長野の検事正官舎の板塀が眼に浮かんだ。その端の木戸を開けてはいって来る由美子の伸びやかな肢体が頭をよぎる。

この夏戻ると、官舎の窓には物々しい金網が張りめぐらされていた。投げ込まれるかもしれぬ火焔瓶に対する用心だ、と母親から教えられた。そんな家に俺はどうして帰って来るのだろう、と暗い気分を引きずりながら、明史は眼の前の窓にも金網のある玄関の隣の部屋でマルクス・エンゲルス選集を開き、毛沢東の「矛盾論」や「実践論」を読み返し、劉少奇の「共産党員の修養について」の文庫本に赤線を引いていた。父親とは政治に関わる話は一切しないので表面上の平穏は保たれていたが、やはり居心地のいい暮しではなかった。生きる上に嘘があるとすればそれは明史の方だ、とがっしり固い金網が告げているかのようだった。

だから、その心中忸怩《じくじ》たる明史の許を訪れる由美子の姿は、まるで無心の白い花びらのように眼に映った。高校二年生にしては大柄で発育がよく、袖無しのブラウスを持ち上げる胸のふくらみから彼は屢々視線をそらす必要があったが、自分の肉体を忘れているのではないかと思わせるほど、彼女の言動は幼く無邪気だった。時にはその柔らかな芽を兇暴に挘《むし》り取る妄想に悩まされながら、彼は隣家の「お兄さん」としての柵から踏み出さぬように努め続けた。

一度だけ、夕暮れにりんご園のある裏山に散歩に出た帰り、坂を駆け下る途中で由美子と手を繋いだことがあった。坂道が終って人家の間にはいっても、まだ由美子は繋いだ手を放そうとしなかった。ぽっちゃりとした、冷たい手だった。その感触を惜しみながら、誰かに見られるぞ、と彼は言った。誰に、と尻上りに訊き返す彼女は両手で彼の腕にぶら下った。それでいて、暮色に浮かぶ前方の外灯の下に人影を認めると摑んだ手をさっと放し、なに食わぬ顔で並んで歩き出した。

手なんだよ、由美子は、と彼は天井を見上げたままひとり頷いた。小説の中に閉じこめようとした棗の記憶や、竹帚を持って落葉を掃く麻子の横顔が揺れる心の隅に、ぽっと白く灯った温かい手なんだ、と彼は思った。

しかし、もう冬が来たという長野から差し伸ばされた手に、そっとこちらの手を添えるにはどんな手紙を書けばよいのだろう――。

少なくとも、その少女の白い手を握って無造作に引き寄せたりしてはならなかった。けれどその手が冷やかに引込められてしまうのは残念だった。伸ばされた手が、いつも明史の自制の環の少し内側まで食い込み、そこで微妙なバランスを保って揺れ続けてくれることを彼は願った。そのために、返事の書き方が難しかった。その難しさを楽しんでいるところもあった。

掛け声と、低い呟きと、固いものの布に当る規則的な音とがしばらく続いていた座敷の方で突然奇声があがり、牌のぶつかり合う響きとともに太い笑いが弾けた。騒然とした空気を掻き廻すようにまた牌のまぜられる音が立昇った時だった。賑わいを貫く電話のベルが茶の間で鳴った。おばさんに呼ばれた明史は茶簞笥の上に外されている受話器を握った。

「もしもし、倉沢ですが。」

「あ、倉沢？　俺だよ、湊です。」

あらたまった返事の仕方がいつもと違っていた。

「おお、どうした。」

「どうしたじゃない。名古谷がパクられた。」

「パクられた？　いつ？」

「今日の明け方らしいんだけどな、自分のうちで寝ている時に警察が来たらしい。」

「あいつ、何をやったんだ?」

明史は受話器を掌で覆って声をひそめた。襖一枚向うの座敷は牌を積み終ったらしく静まっている。

「火焔瓶だよ、おそらく。ほら、どこかの軍需工場の守衛所に投げ込んだやつがあったろう。」

「いつ? 最近か?」

「いや、まだ夏の前だと思ったけど。」

「それを今頃?」

「だから、ずっと捜査していたんだろう。」

「どこかに潜っていなかったのか。」

「ある程度は覚悟してたんじゃないかと思うんだ。」

「すると、どじって捕まったわけじゃないのか。」

「よくわからんよ、その辺は。救援活動は地区の組織が対策をたてている筈だけど、とにかく知らせておこうと思って。」

「ありがと。どこの警察だ?」

「武蔵野。〈夜光虫〉のメンバーで連絡の取れる奴がいたら知らせておいてくれないか。」

「わかった。でも、どうすればいいのかな。」

「今すぐは何も出来んだろう。また相談しよう。」

「しかし、長く出られないと、あいつこれから寒いだろうな……。」

「じゃ、また。」

明史の心配には答えずに湊は電話を切った。座敷がまた賑やかになり、笑い声の飛び交っているのに救われた。

「どうしたの？　なにか困ったこと？」

俯いて茶の間を出ようとした明史は、客の座にいるとばかり思っていたおばさんが台所から現れたのにびくりとした。背後の座敷にばかり気を取られていたが、電話は台所への開き戸に近いのだから案外そちらには聞えたかもしれなかった。

「いえ、ちょっと……友達が病気で急に入院したというものですから……。」

「どこが悪いの？」

「腹が痛むみたいだから、盲腸とか、そんなことでしょう。きっと大したことはありません。」

「病気は怖いからね。明史ちゃんも気をつけてよ。」

半信半疑の表情で相手は明史を見返した。素直に頷いて彼はそそくさと部屋に引込んだ。電話に呼ばれて部屋を出る前とはかけ離れた気分で彼は狭い室内を歩き廻った。

高校時代からの同人誌〈夜光虫〉のメンバーのうち、大学に進まなかったのは名古谷ひとりだった。父親がいないために兄弟三人が母親に育てられた彼の家庭では、大学の学費を出すのが無理なのだろうか、と想像した同人仲間が卒業後のことを遠慮がちに訊ねると、俺か、俺はお前、革命をやるのよ、と名古谷は小柄な身体を伸ばしてケケケケと笑った。

高校生の頃、学内の急進サークル〈若い芽〉の中心人物として活動し、校内秩序の紊乱と教師の指示を無視した廉《かど》で無期停学の処分を受けたこともある名古谷だったが、そして当時既に学外の政治活動にも加わっている気配を漂わせてもいたのだが、その彼が今何をしているのか、誰もはっきりしたことは知らなかった。〈夜光虫〉の集りに顔を出す回数は減っていたものの、出席すれば彼はいつも陽気で、どこまで本当かわからぬ警察機動隊相手の武勇伝などを聞かせ、一座を笑いのうちに煙に捲いてしまうのが常だった。名古谷を相手にした時にだけ、政治活動に従事する学友達から受ける圧迫感と後ろめたさを、明史は感じずにいることが出来た。だからいつであったか、悪いけどよう、そのうちお前のおやじの官舎に火焔瓶を二、三本投げ込ましてもらうかもしれんぜ、と彼が冗談を言った時も、俺はかまわんよ、どうせ国有財産だもの、と明史は笑って答えられた。

その名古谷が実際に火焔瓶を投げて逮捕されたとなると、明史の胸は騒いだ。朝鮮戦争に反対する動きの中で一時頻発した火焔瓶闘争が下火になっていただけに、それが掘り起されて名古谷が逮捕されたとの湊の知らせはショックだった。

机の上に水色の愛らしい封筒が見えた。彼は封筒の口を開いてそっと匂いを嗅ぐと、抽出しの奥に手紙をしまった。しばらくは由美子に対してどんな返事も書けそうになかった。

名古谷については、詳しいことが不明のままに日が過ぎた。救援の組織があるのだし、彼の単独行動であった筈はないのだから、起訴されて裁判にかけられたとしても弁護士などの手配はそちらで進めてくれるのだろう、と考えて明史は気忙しい日々の予定をこなし続けた。文研の暗い部室で真壁に持ち出された雑誌を販売する仕事の話は、明史がはっきりした返事をしないうちに立消えになったらしかった。その方がよかったのだ、とどこかに心を残しながらも彼はほっと息をついた。あまり自信のない仕事に足を突込み、周囲に迷惑をかけるような事態を生んではならぬ、というのが自分を納得させるための理由だった。ただ、やっていかないといつまで経っても勇気など出ては来ないものだ、との真壁の言葉だけは棘のように胸に残って消えなかった。自分への申し開きの材料として、渋谷の駅前広場で開かれた反戦集会の記録を文研でまとめる作業や、学生の平和詩集を発行しようというアピールの作成などに彼は力を注いだ。すべて安全な仕事だった。安全である限り後ろめたさは消えないのだ、と考えるとまた焦りを覚えた。こんなことをしているだけでは、いつになってもプチブルの自己改造などといった厳しい課題に応えるのは到底無理だろう……。

明史の生活に変化をもたらしたのは、名古谷の逮捕や文研の活動よりも、むしろ万里子に対する家庭教師が週二回にふえたことの方だった。一週間は七日もあるのだから、そのうち二日の午後を割くのはさほどの負担ではなさそうなのに、実際に始めてみると意外に自由を奪われた。そして自由を失った分だけ、彼は確実に麻子の家庭にはいり込んだ。もう最初の頃のように彼は訪れる日によそゆきのピースを買わなくなっていた。新生でも憩でも平気で吸えた。そして麻子は、時折ラッキーストライクやキャメルをサイドボードから出しては明史の前に置いてくれた。

居間の電気ストーヴが煙突のついた石炭ストーヴに変り、室内にはいつクリスマスが来てもおかしくないような温かな光がこもっていた。そんなある夕暮れ、ふと生れた沈黙の後、紅茶茶碗をそっとソーサーに戻した麻子がなにげなさそうに口を開いた。

「次の〈夜光虫〉はいつ出るのかしら。」

彼女に雑誌を渡してから、もうかなりの時が経っていた。その後一度も話が出ないので、相手は同人誌の存在さえ忘れてしまったのだろう、と諦めていただけに意外だった。

「さあ、来年ですが、みんな忙しいからいつになるか……。」

微かに頷いた麻子は、どこか歌うように聞える声で訊ねた。

「明史ちゃんの小説、ほんとのことを書いたんでしょう？」

「え？」

「自分の体験を書いたのでしょう？」

最初に頭に浮かんだのは、作中の人物と作者とは別であり、たとえそこに分身のような関係があったとしても、作者は人物を突き放して捉えていなければならぬ、といった理屈だった。しかしこちらをひたと見据えたまま、テーブルのラッキーストライクを取り出して口唇に挟み、マッチを手探りする麻子を前にその種の理屈は無力のようだった。彼は慌ててマッチを擦り、麻子の煙草に火を寄せた。

「まあ、体験が中心にはあるけれど――。」

風もないのに明史の差し出した火を両掌で包むようにして火をつけた彼女は、ありがと、と小さな声で言った。

「辛かったのね。」

深々と吸い込んだ煙を俯きがちに細く吐き終った麻子がぽつりと呟いた。作品の批評でもなければ単なる感想でもないその言葉にどう対処してよいかわからず、明史は戸惑った。

「読んでくれたんですね。あれっきり忘れてしまったんだと思っていた。」

そうではないというつもりらしく、彼女は黙ってゆっくり首を横に振った。

「梢サンの立場もわかるけど、光彦クンの気持ちはもっとよくわかる。」

梢さんという登場人物の名前が、棗さんと呼ばれた気がして落着けなかった。

「仕方がないんですよ、きっと好きになったのが悪いんだから。」

「そんなことないわ。みんな誰かを好きになるんですもの。梢サンだって光彦を嫌いになったわけじゃないでしょ?」

「いや、結果からみればそうなります。」

「違うな。この梢という女の子ね、いつか光彦のところへ戻って来るような気がする。」

「あり得ませんよ、それは。絶対に。」

麻子の目尻に少し意地の悪い笑いの刻まれているのを見ると明史は向きになった。小説の話をしているのか、実際のことを語っているのか、判断のつかなくなったのは明史の方だった。同時に、他の女性との間でこんなふうに棗を話題にすることへの抵抗が俄かに湧き上った。

「過去のことだから書けたので、これはぼくにとっては埋葬みたいなものなんです。」

「……そうかもしれないわね。」

麻子は低い声で案外あっさりと同意して暗い窓の外に眼をやったが、その横顔からはまだ先刻の微かな笑いの影が消えてはいなかった。

「買って下さった〈夜光虫〉、全部読んでくれたのですか。」

麻子は顎の先を軽く動かした。

「あの中には、軍需工場に火焔瓶を投げて警察に捕まっている奴もいるんです。」

「若い人達は、それぞれ一所懸命なのね。」

「一所懸命といっても、まあ、いろいろありますけど……。」

「明史ちゃんのは？」

「ぼくのは、読んでもらった通りに、きわめて個人的な問題だから——。」

「それで、他の人のは？」

「直接、時代にぶつかって行くっていうか、もっと積極的というのか……。」

「個人的な問題はいけないの？」

「そんなことはないと思います。ただ、実際の行動ということを考えると——。」

俺はなぜこんな話を始めてしまったのか、と彼は急に不安を覚えた。いくら同人誌を買ってもらったとはいえ、家庭教師先で話題にするような事柄ではなかった。自分の作品に触れる麻子の態度にまごついたばかりに、何か固いものを相手の中に打ち込みたいと逸《はや》ったに過ぎない。しかも話の内容は、名古谷の書いたアジテーションの詩が自作の小説より優れているなどとは決して思っていない以上、本心からかけ離れたものとなっている——。

「難しいことは別にして、私には明史ちゃんの小説が一番面白かった。」

「そうですか。」

「なぜだかわかる?」

麻子の顔からは笑いが消え、今はひどく優しく柔らかなものが眼の中いっぱいに光っている。

「さあ……。」

「うまく言えないわ。」

麻子はまだ半分ほどしか吸っていない煙草を乱暴に灰皿に押しつけた。その吸口に薄く口紅のついているのを見ると、明史は突然それをくわえたい衝動に襲われた。二階でとんと小さな足音がした。

「今年はもう、万里子のお勉強も幾度も残っていないわね。」

「後、五、六回ですね。」

「お正月は長野へ帰るのでしょう?」

「そのつもりです。」

「御両親、賑やかになっていいわね。」

笹本のおばさんに教えられた麻子の境遇がふと思い出され、この親子は二人だけで正月を迎えるのだろうか、と想像すると明史は気が沈んだ。

二階の軽い足音が階段の方に近づいて来る。麻子が立上って台所にはいった。灰皿から口紅のついた吸殻を素早く取ってポケットに入れると、失礼しますと声をかけて明史は玄関に向った。階段の下で、降りて来た万里子と送りに出た麻子と三人が一緒になった。

「光彦クン、がんばってね。」

靴を履いて振り向いた明史に麻子が言った。

「光彦クンてだあれ？」

「ん？　先生のお友達。」

「その人、どうしたの？」

「お怪我したんだって。」

「どこを？」

「胸だよ、こっちの胸。」

母と娘の間に割り込んで左胸を叩きながら、また来週伺います、と挨拶して明史は扉を閉めた。

暗い道に出るとすぐ、彼はポケットの吸殻を取り出してそっと口唇に挟んだ。仄かな麻子の香りがそこから顔に拡がるようだった。火をつけぬまま、なるべくそれを唾で濡らさぬように気をつけて駅へ向った。その煙草を嚙み締め、何もかも一緒に飲み込んでしまいたい欲求が身体の暗がりを動いていた。

6

長野の冬は深々と冷えた。雪はあまり降らなかったが、そのためにかえって剝き出しの寒さが家の内外を覆いつくしている感じだった。真赤におこした炭をいれた茶の間の炬燵にはいっていても足から腿までしか温まらず、背筋はぞくぞくし、耳朶《みみたぶ》は痛いほど冷たかった。

高い戸棚から屠蘇《とそ》の器を出したり、物置きから炭俵を運んだりして明史が正月の支度を手伝っている間、由美子は二、三度庭に顔を見せた。

「手紙に返事出さなくて、ごめんね。忙しくて書く暇がなかったんだ。」

何ヵ月か見ぬうちにまた少し丈の伸びた印象の由美子は、ぷっくりとふくらんだ白い頰を揺するようにしてその時だけつと木戸の方に顔を背けた。三編みにして垂らされた豊かな髪の一方が後ろ向きのセーターの肩に躍り出た。艶のある固そうなその髪の束が、妙に荒々しく彼女の若い生命力を突きつけた。

「東京ではいろんなことがあって大変なんだよ。」

「知ってるもん。」

「何を?」

「お兄さんに何があるか。」

そう言って由美子は急に振り返り、真正面から明史を見た。一瞬、彼はたじろいだ。長野の小娘に東京での俺の生活や抱えている問題がわかってたまるか、と思う反面、相手がいきなりとんでもないことを口走りそうな気味の悪さを覚えた。

「言ってごらんよ、何を知っているか。」

「………。」

「みろ、知らないじゃないか。」

「知らないからと違うもの。」

眼をそらせた彼女の横顔が透き徹り、急に大人びた表情を浮かべて遠ざかる気がした。こんな顔を持つ少女だったか、と明史は虚を衝かれた。由美ちゃん、と呼ぶ彼の母親の声が台所の方から聞えなかったら、まだ暫く彼女は長い睫を見せたままその横顔を庭の明史の前に置き続けたかもしれない。

ハァイ、と突然女子高生の高い声で答え、霜解けを防ぐために撒かれた石炭殻を踏み鳴らして由美子は台所の戸を開けた。半身を中に入れて渡された箱を手に捧げ持った彼女は明史の前を黙って通り過ぎ、木戸の裏に消える前に振り向くと思い切り顔を顰めて舌を出した。桃色の長い綺麗な舌だった。子供じみた脅しにほんのすこし少女の知恵が加わっただけの言葉に過ぎぬのに、それに怯えた自分が滑稽だった。あの瞬間、胸の奥を影のようによぎったのが麻子の姿だったことを考えたくなかった。子供は恐ろしいよ——独り言を洩らした彼は家に上って茶の間の炬燵にもぐりこんだ。どうしたの、もうちょっと手伝って頂戴よ、と母親の苛立つ声が広い台所から聞えた。ハァイ、と由美子の真似をして明史は思いきり高い声をあげた。

関西の電気関係のメーカーに勤めている兄の晴人は、休暇が短いので幾日も家に居られぬことを理由に帰って来なかった。お正月なのだから一日でも二日でも戻って来ればいいのに、と母親は不満げだったが、年末年始は汽車がこむから大変なのだろう、と父はさして気にかけぬ様子だった。長男はエンジニアとして真面目に働いているのだし、大学生の次男はとりあえず手許に寝起きしているのだから、父としては安らかに正月を迎える気分なのだろう、と明史は想像した。

窓に金網は張られたままだったが、折角家の中に生れている穏やかな空気を乱すのは憚られ、明史もなるべく父親と議論になりそうな話題は避けるように努めた。するとなんとはなしにその茶の間の平穏が肌から滲みこんで来るように思われた。年越しの蕎麦を啜る炬燵で、和服の父は上機嫌に、役所の希望者達にカメラを割安で手に入れられるよう骨を折ってやり、先日撮影会を開いた話などを語って聞かせた。

カメラとなると明史には、中学生の頃に父親からお古をもらった蛇腹式のイーストマン・コダックの懐しい記憶があった。ブローニーのフィルムを詰めたその平たいカメラは、学生服の上着のポケットに辛うじて納った。これでもうどんな写真でも撮れる、と一端のカメラマンにでもなった気分で、どこに出かけるにもその重いコダックを携えて行ったものだった。絞りと露出の関係を学んだり、レンズと対象との距離の測り方を教えてくれたのも父親だった。どれほど素晴しい画像が撮れているかと胸を弾ませて現像の出来たフィルムを写真屋に受取りに行くと、武蔵野の畑の向うに眩しいほど輝いていた雪の富士山はただの白い点であり、庭を歩く猫はぶれて輪郭も定かではなかったりした。そんな思い出話を語る父と息子を、母親は横で満足そうに眺めていた。

雨戸の外から遠く近く聞える除夜の鐘に耳を傾けた後、親達が先に寝てしまうと明史は一人炬燵に残って麻子に手紙を書いた。平素なら彼女に便りを出すのなどわざとらしくて躊躇われたが、年賀状がわりの手紙なのだから、と考えて弾む胸を抑えつつペンを握った。

……寝静まった家の炬燵にはいって、このお便りを書いています。善光寺へ初詣に行く人なのか、時折塀の外に足音や話声が聞えますが、それも遠ざかるとしんとして辺りには物音一つしません。澄み切った寒さが闇の中にびっしりと詰っている感じです。

年末にはお歳暮をいただき、ありがとうございました。特にイニシャルの刺繍のあるハンカチなど使ったことがありませんので嬉しくてたまらず、大切に胸の内ポケットに入れてこちらに帰りました。あの白いハンカチを持っていると、自分がいま長野に居るのではなく、東京の木立ちに囲まれた親しいおうちに伺っているような気がします。

明史はふとペンをとめた。どこまで書いていいのだろう、と疑う気持ちがペンを握る手を重くした。もしも麻子の他には絶対に誰にも読まれないという保証があるなら、彼はもっと思い切ったことを書きたかった。しかし万里子に読まれる可能性や、万一正月だからといって姿を見せるかもしれぬ娘の父親の眼に触れる危険などを考えると、やはり自重せざるを得ないようだった。

……うちに帰って幾日かはいいのですが、それを過ぎるとたちまち退屈して、東京に帰りたくて堪らなくなります。自分にとって大切なものはすべて東京にある、という感じが次第に強くなって来るのです。だから今は、精一杯の親孝行をしているわけなのです。

昨年は（もう除夜の鐘が鳴りましたから昨年です）僕にはとても意味の深い一年でした。大森のお宅に通うようになったことだけでも、大変な出来事でした。万里子ちゃんの勉強が進んでそれが成績となって現れたのは嬉しい限りですが、それだけではありません。

後をどう続ければよいのか、とまたペンを持つ手の動きが鈍る。家庭教師の学生が生徒の勉強の成果の他に喜びを見出すことが許されるとしたら、経済的な報酬をのぞいて何があるだろう。

……この悪い時代のせいもあり、冷たい乾いた風の吹きまくるような学生生活を送る者には、大森のおうちで過せるひとときが、たとえようもなく美しく貴重な時間なのだ、などと言ったら叱られてしまうでしょうか。

これ以上書くのはやめなければいけない、と明史は思った。どんなに気をつけても、言葉は自然に見えない中心に向けて動いて行ってしまう。二人にだけ通ずる暗号のような何かがあれば、それをそっと最後に置いて手紙を終えたかった。

……いつか一度だけ連れて伺ったことのある友人の光彦が、あんなに素敵な人の子供を教えることの出来るお前はなんと幸せな奴だ、と帰り道に溜息をつきながら僕を羨んでいました。その生徒の方がまた大したものなのだぞ、と光彦に言ってやったことを御報告しておきます。

東京に帰ってお目にかかれる日を楽しみにしています。おかしな手紙になりましたが、これでも年賀状のつもりです。

さようなら

元旦

明史

唐津麻子様

本当は「麻子様」とだけ書きたかったのだが、それではあまりに馴れ馴れしく取られそうなので苗字をつけ加えた。

裏の由美子の家の方で突然戸の開く音がして何か言う声が聞えた。耳を澄したが、もう一度戸の音がした後、外の寒気はまた静まり返った。

明史は新しい便箋に大急ぎで万里子宛の手紙を認めた。こちらはさほど書くこともないので新年の挨拶だけを述べ、余白に庭から見える裏山の絵を描いた。この山の斜面はりんご園です、と説明をつけ、二通の手紙を一つの封筒に入れて宛名を書いた。母娘の連名にするつもりだったが、それを見て万里子が先に封を切るといけないと思い直し、麻子の名前だけを大きく書いた。時計を見るともう新年の二時を過ぎていた。

元日の朝は雑煮を祝うからと早く起された。父親が祝賀の式に役所へ出かけた後、明史は炬燵にはいって新聞を読み終るともう他にすることは何もなかった。一夜あけて大晦日までの慌しさと期待が解け、正月特有の気怠く間延びした時間が家の中に澱んでいる。自分宛のものなどほとんどない年賀状をぼんやりめくっていた明史は、あんた、笹本のおじさん、おばさんにお年賀状を出したの、と母親に訊ねられた。

「出さないよ。だって暮までは会っていたんだし、すぐに帰るからまた会うもの。」

「新年の御挨拶はそういうものではないでしょう。今からでもいいからあそこにだけはお書きなさい。」

「虚礼だよ、そんなの。俺、年賀状は書かない主義なんだから。」

その年賀状を一つだけ書いた、と明史は衣紋掛けに吊した学生服の内ポケットにはいっている封筒を思い浮かべた。それだけは一刻も早くポストに入れたい気持ちだった。

「一番お世話になっているうちじゃないの。あんたが寮になんかはいらないであそこに預ってもらっているから、私達も安心していられるのよ。」

「俺は預けられているのか。」

明史は憎まれ口を叩いた。親がいくら御礼をいってもそれとは別なんだから、ちゃんと書いてよ、と懇願する口調に変って話を打ち切るように立上った母が障子を開け、まあ、と華やいだ声をあげた。

「そんな所から来ないで、お正月くらい玄関にお廻りなさいよ。」

声につられて炬燵の上に身を乗り出した明史は、ガラス戸越しに庭に立っている和服姿の女性を認めて思わず眼を見張った。これまでのどんな時とも違う、初々しい若い女に変じた由美子がそこにいた。いや、若さと幼さの入りまじる間から、ほとんど妖しげな女が溶け出している感じだった。橙色の着物の前に両手を揃えた彼女が神妙に新年の挨拶を口にし、お母さんの着ていたものだからおかしいんです、と言訳けするのが聞えた。

炬燵から飛び出した明史は、たちまち由美子の繰り返す大仰な挨拶を浴びて立往生した。綺麗だねえ、びっくりしたよ、と褒めそやすことでようやく形式張ったやり取りから逃れた彼は、友達と待ち合わせて学校の先生の家に行くという由美子と共に外を歩いてみることにした。セーターの上にオーバーを着込み、麻子宛の手紙をポケットに入れた。

「お正月にはいつも着物になるの？」

和服姿の由美子と並んで道を歩くのはなんとなく面映かった。裾が開きにくいのか、草履の足を内股に小さく運ぶ彼女が可憐だった。

「ううん。今年が初めて。」

「そうだろう。去年の正月の由美ちゃんは覚えていないもの。」

「関心がなかったからだ。」

由美子はほんのちょっと肩を寄せた。身長のある彼女が草履をはくと、ちょうど背丈が明史と釣合った。羽根をつく音と子供の叫び声だけが聞えるひっそりとした道から、善光寺へ向う通りへと二人は出た。通行人の数は多くなったが、由美子のような娘の和服姿は全く見当らない。すれ違う人が振り返ってなにかを言う気配が伝わっても彼女は意に介さず、これから訪れる数学の教師の授業の癖や、失恋したという友人の噂話などをぽつりぽつりと語りながら一心に歩き続けた。

「どうして今年は着物を着たのさ?」

あまり興味を惹かれぬ話題を由美子自身の上に戻そうとして明史は訊ねた。

「お兄さんを驚かしてやろうと思って。」

「驚いた、驚いた。由美ちゃんがこんなに一人前の女だなんて、夢にも思っていなかった。」

「意地悪。」

思い切り背中をどやされて一瞬息が詰った。ひどく力がこめられていた。

「褒めたんじゃないか。」

顔を歪めて言い返したが、半分は冗談でも残りの半分は本気だった。棗と比べて一つ歳下でしかない由美子をいつも幼いとばかり思っていたのに、今日の彼女には突然逆襲に出たような不思議なふくらみがあった。むしろ、こんな感触の棗を知らぬままに別れてしまったのが口惜しかった。いや、もしも着物姿の棗がふくよかな奥行きを見せて自分の前に立つことがあったなら、別れは一層辛く狂おしいものとなったに違いない――。

その空隙を埋めるかのように、今は由美子が横を歩いていてくれる。もし由美子と結婚して、長野で暮すことになったら、自分達は肩を並べてこの町を歩き、東京とは遠く離れた静かな日々を送るのだろうか、という突飛な想像が頭をよぎった。現実的ではないだけに、その妄想には変に惹かれるものがあった。苛立ちと寂しさと愛しさとが一塊になり、いきなり由美子を押し潰してしまいたい衝動に駆られた。

戸を閉した軒の低い商店の間に土蔵のどっしりした壁が現れ、信州味噌の看板が見えた。その向いにポストが立っている。手紙を出すから、と断って道の脇に寄り、冷えたポストの中に重い封筒を落した。

「ラブレター?」

足を弛めて待っていた由美子が訊ねた。

「元日にラブレターを出す奴がいるものか。年賀状だよ。」

「封筒に女の人の名前が書いてあったもの。」

宛名まで読めた筈はないのに、明史はぎくりとした。

「家庭教師をしている、小学生の女の子だよ。」

ふうん、と言ったまま由美子は黙り込んだ。そのまま二人は善光寺の山門の下に出るまで言葉少なく歩き続けた。

善光寺下の駅から長野電鉄に乗るという彼女が細い坂を下って行くのと別れた明史は、初詣の人で賑わう参道を本堂の方へと辿る気にもならず、広いバス通りを当てもなく長野駅の方角へ向った。雲間から薄い日が差し、弛やかな傾斜の中に並ぶ店々が大門町から権堂の方まで一目に見渡せた。いま由美子の乗っている電車の線路の果てに、湯田中の駅がある筈だった。そこから渋温泉を経て道を登り続ければ、国民学校六年生の最後の六ヵ月を学童疎開で過した上林温泉に出る。空腹と寒さと、友人達との酷薄な記憶のまといつく、辛い土地だった。その上林が同じ県内にあるとは信じ難い気持ちだった。盗み、制裁、仲間はずれ、病気、と厭な光景の次々に呼び起されて来るのに出会い、明史は慌てて長閑な家並みを眺め返した。正月か……と気分を変えて呟いてみる。寝の足りない頭が微かに疼き出している。もう東京に帰りたい、と思った。大切なものはすべて東京にある、と麻子に書いた言葉が気怠い空気を突き破って立上って来るかのようだった。今頃は電車の中で揺られているに違いない、少女とも女ともつかぬ由美子の着物姿が眼の奥にちらと浮かんだ。もし彼女と結婚したら、という先刻の妄想があまりに馬鹿げたものに感じられ、思わず痛いほど口唇を噛んで頭を振った。疼きが頭の芯から眼の裏まで拡がった。新しい年を迎えたという気分のせいか、遥かな下り坂にそった眺望を前にしているためか、あらゆるものから遠く断たれてしまったような気がしてならなかった。

数日が過ぎて明史が帰京するという前の晩、食後のお茶を啜りながら父が訊ねた。年始の挨拶客の応対や地元の名刺交換会、新年会など正月の行事も一段落し、役所もようやく通常のリズムを取り戻したらしく、その日は父の帰宅も早かった。

「この三月から本郷だろう。」

「そう。」

「それで、結局経済学部に行くのか。」

「うん。」

「もう変更はきかないのか。」

「志望を出して、秋の試験の成績で決ったからね。」

「お前のいる文科一類からは、法学部と経済学部とどっちの志望者が多いんだ。」

「それは法学部だよ。」

法学部を志望しながら、成績が悪いために進学志望者のより少ない経済学部にまわされた友人は、明史の周囲に幾人もいた。彼自身にしても、もし法学部に志望を出していたとしたら、そこへの進学が認められたかどうかは大いに疑わしかった。

「そうだろうな。」

我が意を得たと言いたげに頷く父の口調には、同時に息子が法学部を選ばなかったことへの不満と未練が滲んでいた。自分も独法科の出身であり、東京帝国大学は法学部でなければ意味がない、との信念を持っているらしい父としては止むを得ぬことなのだろう、と明史は聞き流した。親には知らせずに経済学部進学を決めたために、大学受験前のような言い争いをせずに済んだのがありがたかった。二年ほどのうちに、大学生になった自分と父親との力関係がじりじりと変って来たように感じられた。

明史はふと、子供の頃から幾度も開いて来た古いアルバムの最初のページに、法学部在学中の父親の写真が貼られていたのを思い出した。横浜に住んでいたために関東大震災で父親を失った長男は、既に一家の柱としての重責を担っていたに違いない。やや阿弥陀気味に角帽をかぶり、黒縁の眼鏡をかけて斜め前を向いたその父は、今の自分とはさほど歳が違わぬ筈なのに、もう全く大人の顔を備えていた。スナップ風のものではなく、写真館ででも写した模様の厚い印画紙のセピア色のその像は、旧制帝大生の輪郭に凝り固っていた。それ以来二十数年検事を職業とし続けて来た顔が、髪は薄くなり、頬の肉はたるみ、眼鏡の縁は鼈甲色に変りはしたものの、なに一つ間違ってはいなかった、という表情で明史の前にある。

「法学部へ行こうと考えなおす気はないか。」

「だって、経済に決めたってこの子は言っているじゃありませんか。」

炬燵の上の食器を盆におろし始めた母が横から言葉を挟んだ。

「お前は黙っていなさい。私が今、明史と話しているんだ。」

苛立ちに尖った父の声が飛んだ。これまでに幾度となく聞き、その苛立ちに反撥して明史が更に苛立ちを募らせて来た声だった。

「もう決めたんだよ、僕は。経済学部に行くって。」

明史の答えは、今夜はしかし父の声の上を静かに流れた。

「そうか——。」

父は少しの間黙っていた。多少は言葉をつけ加えるべきだろうか、と明史が迷ううちに相手が口を開いた。

「決めたのならそれでいい。しっかり経済の勉強をするんだな。」

うん、とだけ明史は応じた。頭の奥を、法律書のぎっしり詰った父の書棚の影がかすめると、ふと寂しさに似た感情が走り抜けた。汚れた食器をのせた盆を持って母親が台所に立った。

「それから、家庭教師のアルバイトをしているんだって?」

父の口調は前に比べて少し弛んだようだった。

「家庭教師といっても、教えるのは小学生の女の子だよ。」

明史は姿勢を崩して煙草に火をつけた。

「金が足りなければ言えば送ってやるから、つまらんアルバイトで勉強の時間をとられたりしない方がいい。」

もし時間をとられて差障りがあるとすれば、それは決して勉強などではなく別の仕事なのだ、と言ってみたいのをこらえて明史はやんわり反論した。

「笹本のおばさんから、友達の娘の勉強をみてくれないかって頼まれたんだよ。」

「聞いたよ、あのうちから。唐津さんの娘とかいうんだろう。」

父がこともなげにその名前を口にするのに明史は驚いた。

「識っているの、唐津さんを？」

質問にはほとんど抗議に近い音色がこめられていた。父親の顔が、今夜初めて綻びたように思われた。

「ずうっと前にね、あの人が若かった頃、よく笹本の家に遊びに来ていたから。」

「おばさんは自分の友達だって言うけど、歳が離れているでしょう？　学校の友達ではないよね。」

かねてから疑問をもったまま訊ねてもみなかったことを明史は口に出した。

「女学校時代のおばさんの親友の妹さんなんだよ。その親友が女学校を出て間もなく病気で死んでしまってね、二人だけの姉妹だったから、その後笹本のおばさんを姉さん、姉さんといって慕っていたようだな。」

「へえ、そういう関係か。あの唐津さんという人、若い時は綺麗だったろうね。」

「笹本が結婚してまだあまり経っていない頃だから、女学生だったな。」

「美少女だった？」

「そうかもしれんね。こっちは子供だとばかり思っていたから、そんなふうには見なかったけど。」

女学生時代の麻子の姿を頭に描こうとしたが手がかりがなく、ただ水の中を掻き廻すようなもどかしさしか得られなかった。幾つくらいの麻子まで識っているのか、と確かめてみたい気がしたが、ふと躊躇う気持ちが先に湧いた。女学生とはいっても、昔は卒業して間もなく嫁に行く人も多かったのだから、今に比べてずっと大人びていたに違いない。としたら、子供扱いしかしなかったという父の言葉も多少疑わしいところがありはしないか……。その麻子の今の境遇を、父が笹本のおばさんから聞かされているかどうかはわからぬまま、現在のあの人のことはすべて自分の胸にしまっておこう、と明史は思った。麻子に意外な光が当てられたのには驚いたが、そのために彼女の奥行きがぐんと深くなったようでもあった。ただ、父が若い彼女の影の傍に立っていたという事実には、なにやら疎ましさも覚えねばならなかった。

台所から干柿を盛った大皿を盆にのせて母が戻って来たのをきっかけに、父と息子はその話題から離れた。

「おやじさんはね、法学部より経済学部の方が学生運動が激しいから、一つはそれを心配しているのよ。」

父が手洗いに立った後、母がそっと耳打ちするように言った。

「同じだよ、それはどこでも。」

明史は上の空で答えた。これからは大学生活の内容ばかりではなく、麻子についてもあまり父には知られぬように気をつけねばならぬ、とそんなことをしきりに考えていた。

「笹本のおばさんに、ここのお味噌とみすず飴を買っておいたからね、忘れないように荷物の中にいれておいてよ。」

母にそう言われると、いよいよ明日からまた東京の生活が始まるのだ、という実感が快い緊張をともなって湧いて来た。由美子に会えなくなるのは残念だったが、東京に帰ればすぐに忘れてしまうだろう、とその姿を身体の脇に押しやった。みすず飴をもう一箱買って万里子への土産にするのを思いつくと、もう他のことはどうでもいいような気分になった。

7

その年の冬から次春までを、明史は幾つかの出来事に包まれるようにして過した。

一月の末、久し振りに跡村のアトリエで開かれた〈夜光虫〉の集りの席上、名古谷の公判が二月から東京地裁の八王子支部で開かれる、と湊から報告があった。一度は面会に行かなければと思いながらも警察とか拘置所とかいう場所に近づくのが躊躇われているうちに、名古谷が保釈になって出て来たことを前に知らされていた。

「それで、判決の予想はどうなんだ?」

法学部へ進学の決っている簗比地が湊に訊ねた。友人として当然の関心ではあったろうが、彼の質問にことさら法学の知識を振りかざすような臭いを感じて明史は抵抗を覚えた。

「有罪は避けられないらしいが、実刑か執行猶予か、予想するのは難しいだろうな。」

「だけどさあ、名古谷は火焔瓶は投げたけど、誰かが火傷したり、怪我をしたわけじゃないんだろ、せいぜい工場の守衛所がちょっと焼けたくらいでさ。それでまた、牢屋に長くいれられるのは、あいつ可哀そうだよな。」

牢屋という跡村の古めかしい言い方に皆が少し笑った。

「それならしかし、名古谷の行動はあまり効果がなかったことになるな。」

壁際から木賊が言った。

「いや、そうでもないだろう。火焔瓶を投げるのは、必ずしも物理的な破壊効果だけが狙いとはいえないんじゃないのか……。」

湊が木賊に顔を向けた。

「だけど武装闘争というのは、実力で権力を覆そうとするわけだろう？」

「それは心理的な効果も伴うかもしれないけどさ、でも俺は、ちょっと疑問があるなあ……。去年の秋の総選挙で共産党が全滅したのも、武装闘争の方針が民衆の支持を得られなかったからじゃないのか。」

湊のかわりに簗比地が意見を挟んだ。

「共産党はしかし、議会を通して権力を奪取しようとしているわけではないぜ。」

今度は湊が簗比地に対して答えた。そのやり取りを前にしながら、俺に火焔瓶が投げられるだろうか、と明史はひどく個人的な思いに捉われていた。簗比地のように火焔瓶闘争への疑問を抱いているわけではなかったが、かといってそれに積極的には賛同しかねる気持ちもある。長野の官舎の窓に張られた金網が眼に浮かんだ。金網のどちらに自分がいるのか、判断がつかなかった。パリ・コミューンの蜂起であるとか、それに対するマルクスの態度とか、ますます喧しく飛び交おうとする仲間の議論に向けて、明史は思わず悲鳴に近い上ずった声を投げていた。

「とにかく俺達は、名古谷を支援しなければならないよ。」

一瞬、座が静まった。

「俺が言ったのは戦術面についての疑問で、名古谷の公判闘争とは別問題だよ。」

築比地が弁解する口調になってなおも何かを論じ続けようとした時、跡村がゆっくり口を開いた。

「でもさあ、革命なんて、本当に日本で起こるの?」

彼のとぼけた質問がイーゼルの脇から煙のように立ち昇るとさすがに議論の腰が折られた。その横には、温かそうな栗色のセーターを着た影浦淳子が神妙な顔つきで坐っている。跡村のこれも太編みのセーターの肘をそっと引くと小声でなにか語りかけ、淳子はアトリエを出て行った。その仕種は、以前より二人の距離の更に縮まっていることを示すかのようだった。

淳子が奥からお茶の盆を持って現れ、女性にそういう仕事を押しつけるのは怪しからん、跡村が働くべきだと非難が浴せられ、戸惑った彼がいいんだよね、と淳子に気弱げに確かめる頃から、話題は〈夜光虫〉の次の号をどうするかに移って行った。

同人が様々の活動に忙殺されているせいか、原稿を出そうというメンバーは少なかった。明史も棗との別れを描いた作品の後、ふと書きたいことがなくなってしまったような気分に陥っていた。次の作品のことはもう少し考えさせてほしい、と明史は答えた。雑誌の発行延期と、名古谷の公判には出来る限り傍聴に出かけることにしよう、との話がまとまってその夜の集りは解散となった。

前と同じように跡村と淳子に見送られて同人達はアトリエを出た。何か物足らぬ焦りに似た感情が明史の身体の奥にもやもやと漂い続けていた。

それから一週間ほど経ったある午後、老教授の単調な日本経済史の講義を聴き終えた明史は寮の文研の部屋に足を向けた。二年生は三年に進むと本郷に移るので、サークルの仕事を一年生に譲り渡しておかねばならない。魯迅の研究会を開こうとか、毛沢東の文芸講話の読書会を組織しようとか、提案されたまま掛け声倒れになっている幾つかのプランをどうするか決めておく必要があったし、真壁に会って少しゆっくり個人的な話をしたい気持ちもあった。文研の主とはいってもサークル活動の表面に出ることはほとんどなく、いつも寮にこもってなにやら裏の政治活動に従事しているらしい彼に、本郷の経済学部に移ってからの自分の足場をどこに置くかについても一応相談してみたかった。真壁の言うことはほぼ見当がつく。意識的な分子は、サークルとか研究会といった大衆団体で活動するだけでなく、前衛政党の組織なり、その傘下の青年組織にしっかり所属した上で文化活動を展開しなければ現状を変えて行くことは不可能だ、君もいろいろ活動を重ねてきたのだから、そろそろ考えてみたらどうか——。

それに近い意味のことはこれまでも真壁の口から幾度か聞かされていた。彼の意見を鵜飲みにする意思はなかったが、大学生活の後半にさしかかり、学部も変るし本郷には文研が確立していない以上、明史は今後の見透しについてあらためて真壁の意見を確かめておきたかった。

コンクリートの建物は冷えた大気の底に蹲り、階段脇のひと気のない湯沸所では、噴きこぼれに汚れた台の上で薬罐が心細げな湯気をあげている。暗い廊下を進み、破れかけたビラのさがるドアを形ばかりにノックして開けた。スチームが通っているらしく、むっと澱んだ脂臭い空気が顔を包んだ。

いつものように部屋の隅の壁際に灯っている電気スタンドの明りに歩み寄ろうとして、明史の足は思わず止った。明りがついていないだけでなく、その一角が妙にがらんとしている。机を包む形に積まれていたみかん箱の数が減り、残された箱の中も数冊の薄い本が倒れているだけだ。

「誰かいない？」

静まり返っている室内のどこかで微かに人の動く気配がした。

「真壁さんはどうしたんだい？　知らないか。」

北側の窓に沿ったベッドのふとんから、学生服を着たままの水垣らしい影が上半身を起した。

「真壁さんのベッドは移ったのか？」

「彼、帰ったんだよ。聞いていない？」

まだ半分眠りにぼやけた水垣の声が耳に届いた。

「帰った？　どこへ。」

「うちへさ。岩手の方の。」

「なんで？　病気になったのか？」

「そう、ちょっとね、調子を悪くして……。」

「ルンゲ？」

「そうじゃないけど。」

なにかがあって急に身を隠したのか、と明史は疑った。もしそうなら、一年生とはいえ活動家として真壁と一緒に仕事をしていた様子の水垣は、明史に本当のことを洩らしはしないだろう。

「いつ帰ったの？」

「先週じゃなかったかな。おふくろさんと叔父さんとが迎えに来てね。」

「一人で帰れないくらい悪かったのか。」

「身体というより、神経っていうのか……。」

「神経衰弱？」

「まあ……。牛尾さんがよく知ってるよ。」

あまり話したくないらしく、水垣はまたふとんの中に潜り込んだ。牛尾はどこにいる、と訊ねたが相手は曖昧な声をたてただけだった。母親と叔父が迎えに来た、という水垣の言葉までが嘘とは思えなかった。としたら、あの老職人のように机の前に坐り続けていた真壁は、実際に神経を病んで郷里に連れ戻されたのかもしれない。二人の大人に付き添われて寮を出て行く彼が、急に子供に戻ってしまったような気がした。去年の秋、机に置いた卵に小さな穴をあけ、仰向いては次々と中身を飲み干していた真壁の姿が思い出された。かわりに胡椒を詰めて眼潰し弾にするのだと教えられたが、あの時彼は自分の行為を本気で信じていたのだろうか。真壁のきめ細やかな白い肌の顔が眼に蘇ると、卵と同じ数の自分を生み出そうとして彼が机にかがみこんでいたような幻想に明史は襲われた。ひっそりと静まる黒い机の上に、卵の形をした幾つもの真壁の顔が横一列に並んでこちらを見詰めている……。何かが限界を超えて身体を溢れてしまったに違いない、と思いを募らせつつ、ひんやりとした真壁のベッドに明史はしばらくじっと腰を落していた。

二、三日後、生協の売店から出て来るところをようやく捕まえた牛尾から、水垣が洩らしたよりは詳しい話を明史は聞き出すことが出来た。彼によれば、真壁は正月も帰郷せずに寮にこもってガリ版の原紙を切ったり、新年に向けて発行する筈のビラの原稿を書いたりしていたのだが、その頃から少しずつ言動がおかしくなっていたという。一月にはいってからも真壁に会っている明史は、気がつかなかったな、と答えるしかなかった。もともと口数の少ない物静かな人だからちょっとくらい会ってもわからなかったろう、と牛尾は答えた。会議の席上で突然何を言われても口を開かなくなったり、発言するととんでもない空想的なことを延々としゃべり続けて止らなくなったりしたために、周囲が異常に気がついたらしかった。相談を重ね、家に帰って静養して来たらどうかとすすめると、俺は少し疲れたらしい、と真壁は素直に頷いたとのことだった。

栄養失調の気味もあったかもしれないし、一、二ヵ月休養をとればまた元気になって戻って来られるのではないか、と牛尾は楽観的な見解を述べてみせた。そうだといいがな、と明史は呟いた。真壁には相談したかったことも、牛尾を前にしては口に出せなかった。

二月にはいって名古谷の公判の日が巡って来た。〈夜光虫〉の同人のうち、その日の傍聴に出かけられる明史と木賊と湊の三人は八王子駅で待ち合わせ、バスに乗って東京地裁の八王子支部に向った。雪でも降りそうな厚い雲が空を覆う日で、寒さと緊張のために三人の口は重かった。

高校の教室を広くしたような簡素な部屋の木の柵の向う側に、名古谷は固い背を見せて坐っていた。明史達が傍聴席のベンチに掛けようとすると、髪の白くなった名古谷の母親がベンチから腰を浮かし、忙しいのによく来てくれました、と丁寧に挨拶した。細い黒縁の眼鏡をかけてふっくらとしたその顔は、高校の頃に二、三度会った時より老けてはいたものの、かえって落着いた力が感じられて元気そうに見えた。明史はその上に、自分の母親の顔を重ねてみずにはいられなかった。もしも自分が木の柵のあちら側に坐っていたら、母もこんな顔をしていられるだろうか――。とても無理だろうと思う反面、案外おふくろはいざとなったら似たような顔つきになるのかもしれない、という気もした。ベンチに名古谷の母親がいただけで、なぜか明史はほっと救われた。

鶯色の重そうな風呂敷包みを抱えて入廷した検事らしい男はまだ若かった。書類のはいったずっしり重い風呂敷包みは、よく父親が役所から持ち帰っていたので明史には馴染深かったが、無表情に前を向く男が若過ぎたためか、その姿はどうしても自分の父親の像とは重ならない。

実際の裁判に関する知識のほとんどない明史には、正面の一段高い席に坐った中年の裁判官が意外に小さな声で何か言って公判が始っても、事務的ともいえるその淡々とした進行に充分ついて行くことが出来ず、奇妙な空々しさばかり感じていた。おそらくは起訴状と思われるものを朗読する検事の甲高い声は聴き取りにくく、油をつけた髪を真中から二つに分けた裁判官は終始表情を変えなかった。顔をあげ、時々ピクリと肩を震わせる名古谷の後姿だけが、明史の眼にはひどく生々しく映った。

長い時間が過ぎて次回の公判の日時が決められ、ようやく閉廷となると名古谷は傍聴席を振り向いて、よう、と声でも出しそうに手を挙げたが、いつになく青白い顔は硬かった。保釈中なのだから法廷を出れば今迄と同じように話したり共に歩いたり出来る筈なのに、木の柵の向うにいる名古谷は〈夜光虫〉の集りなどで見慣れた彼とは全く別人のようだった。

弁護士と打合わせのあるらしい名古谷が法廷を出て行くのを見送ってから、明史達は彼の母親に挨拶して裁判所を後にした。塵とも粉とも見える白いものが気のなさそうにちらつく下を、三人はバスの停留所に向った。

「判決が出るまでどの位かかるんだ？」

訊ねる木賊の息が白かった。

「さあ、早くて半年、長ければ一年でも一年半でもかかるんじゃないか。」

湊が雪の落ちて来る空を見上げて顔をしかめた。

「裁判というのは、変なゲームみたいなところがあるな。あんなことで人が裁けるのかね。」

木賊の声には、明史の受けた印象にも通ずる不満がこめられているようだった。

「あの裁判官は、しかし比較的良心的な方だそうだから、名古谷は運がいいのかもしれないぞ。」

「裁判官の個人的な特性で被告の運不運が決るなんて、おかしいじゃないか。」

建前はそうだが、実際には裁判官の考え方によって随分違いが出て来るものらしいとか、資本主義国家における司法の独立の限界であるとか、裁判闘争によって何が明らかになるかとか話し始めた木賊と湊のやり取りを聞きながら、明史はなんとなく気が沈んでその議論に加われなかった。

「倉沢のおやじさんも、若い頃はあんなことをしていたのかね。」

恐れていた質問が木賊の口から出た。

「見たことはないが、まあ、そうなんだろうな……。」

若過ぎる検事の細い顔の中に無理やり父親の姿を押しこむようにして明史は答えた。

「面白い仕事かねえ?」

「さあ……。それなりの使命感みたいなものはあるんだろうが。」

「それがなかったら、ブルジョワ社会は法的に崩壊するものな。」

かつてヒステリックに言い争った頃、父親との間に飛び交った数々の言葉が蘇って来た。争えば争うほど立場の違いがはっきりするだけで、それによって父親の考え方が変るなどとは夢にも思えなかった。

「そういうおやじからこういう息子が出て来るとはどういうことかね。」

湊が横から口を挟んだ。

「よくあることさ。ただの鬼子っていう奴だよ。」

木賊がこともなげに答えた。

「鬼子っていうのは、もう少し立派なんだと思うよ。少なくとも名古谷くらいにさ。」

それは明史の実感だった。

「あいつは確かに、小さな鬼だよな。」

湊が頷いた時にバスが見えた。明史は話題の変るのにほっと救われた。木賊や湊に彼を責める意図のないのは明らかだったが、やはり父親の職業の話を出されると肩身の狭い思いを味わわされた。まして名古谷の裁かれる法廷から出て来たばかりの今は尚更だった。しかしなぜか、あの若い検事は父とは縁遠い存在のように思われてならなかった。どこかで自分は父親を弁護しようとしているのか、と明史は疑った。停ったバスの扉から、乗車を急がせる若い女車掌の甲高い声が弾けた。


月が変ると間もなく、スターリンの死が報じられた。「巨星墜つ」と連ねられた新聞一面の大きな活字を眺めながら、指導者を失ったソヴィエトはこれからどうなって行くのだろう、と明史は不安を覚えた。一月に軍人出身のアイゼンハワーがアメリカ大統領に就任した時も、これで朝鮮の休戦協定が遠のき、むしろ戦争の危機感が煽られて再軍備のための徴兵制度が身近に迫るのではあるまいかと怯えたのだが、スターリンの死にはそれとは別の、世界の一角に穴のあいたような頼り無さを感じぬわけにはいかなかった。後任の首相となったマレンコフという聞き慣れぬ名が、ソヴィエトの重みを支えきれぬのではないか、と心細かった。牛尾や水垣はさほど深刻そうな顔は見せず、文研以外の活動が忙しいのか、漠然とした明史の不安などにつきあっている暇はない様子だった。理論の裏づけを持つ政治組織とはそういうものであり、指導者の死の受けとめ方も外部の人間とは異なるのかもしれぬ、と明史は推測した。北国に連れ帰られた真壁はこの報道をどんな気持ちで聞いているだろうか、と時折その顔が頭に浮かんだ。

しかし世界情勢とは別に、明史の暮しの足許にも変化が起っていた。二月にはいってからしきりに疲れる、疲れる、と言い出した笹本のおばさんが、やがて暇があると昼間でもふとんを出して寝るようになり、近くの医師に肝臓が悪いと診断された。

食事の支度は起きてしてくれるのだが、帰りの遅い日などには鍵を開けてもらうために寝ている彼女に迷惑をかけ、心苦しいことも間々あった。

日が経てば良くなるのだし、家事を頼む女の人も心当りがあるから明史ちゃんは余計な心配をしないで勉強していればいいのだ、とおばさんは言ってくれたが、その言葉に甘えてばかりはいられぬ気分だった。

ある晩、帰宅したおじさんのために鍵を開けた折、病人の負担になるといけないのでここを出ようかと思うのだが、と明史はそっと相談した。来週から通いで手伝いの人が来てくれることにもなったし、本人が大丈夫だという以上気にかけることはない、との返事だったが、言葉のニュアンスはおばさんのものとは異なっていた。近く知人の医師のいる大学病院で一度しっかり診てもらう予定だ、ともおじさんはつけ加えた。

自分の病気のことは長野にも麻子さんにも絶対に言ってはいけない、と本人から口止めされてはいたが、もうその限界を過ぎている、と明史は判断した。

明史は母親におばさんの病気のことを告げ、ここにいると迷惑をかけるので下宿を捜して引越すつもりだ、と手紙を書いた。折り返し、病人への見舞状を同封した母からの返事が来た。笹本家は出ねばなるまいが、落着き先はこちらで当ってみるから慌てて引越しなどせぬように、と忠告が添えられていた。勝手に下宿に移り、何をしていてもわからぬ場所に住まれたら困る、との危惧が文面の裏に透けて見えた。下宿に引越してアルバイトの金で暮せるようになったら文字通り親から独立した生活が手にはいるのだ、と夢のような光景が頭をよぎった。

どうせ禁を破った以上、もう麻子にも隠しておく必要はなかった。母から手紙の来た数日後、明史は万里子の勉強が終った後でおばさんの病気を彼女に告げた。

「そんな大変なことを、なぜ今迄知らせてくれなかったの？」

まあ、と息を呑んだ後、いきなり責め立てて来る麻子の予想外の剣幕に明史は驚いた。

「絶対に麻子さんに言ってはいけない、って止められていたものだから。」

「そうかもしれないけれど、なぜあのお姉さん、笹本夫人が私に教えるなと言ったかくらい、あなたにも想像つくでしょう？」

はあ、と答えたまま、眉が吊り上って俄かに眼の奥が深くなり、突如陰翳の増した麻子の顔の鋭い美しさに彼は打たれた。

「あちらには黙って、そっと私にだけ教えて下されればよかったじゃない？　それとも、笹本夫人に言われたことは、はい、はい、ってなんでも聞いて、一切嘘はつけないわけ？」

「そんなことはない。必要があれば、僕は誰にだって、どんな嘘でもつきますよ。」

あまり向きになって意気込んだ明史の口調がおかしかったのか、相手の表情は風でも吹き抜けたかのようにふっと柔らいだ。眼の周辺から硬い翳が消え、水に浮かんだ花にでも似た憂わしげな色が面に漂うのを明史はじっと見守った。

「この前電話した時、声に力がないみたいでおかしいとは思ったの。風邪気味だと言うからそうだとばかり思って……。」

「黙っていてすみませんでした。気がきかなくて。」

「明史ちゃんが悪いのではないわ。大事な家庭教師の先生に怒っちゃったりして、ごめんなさいね。」

「久し振りに女の人に叱られた感じだった。」

仲直り、と言いながら麻子が片手をテーブルの上に差し出した。眼が悪戯っぽく笑っている。明史は慌ててズボンの腿にこすりつけた手を出してそれを握った。しなやかで、それ自身が一つの生き物のような温かな手だった。

「時々、叱って下さい。」

退こうとする手をほんの僅かの間自分の掌に引き止めて明史は言った。

「ばかね。」

眼から笑みは消えなかった。

「だから、僕はあの家から引越すことになるかもしれません。」

「そう……でも、どんな所へ？」

「下宿を捜そうと思って。どうせなら大森あたりにしようかと考えたのですが、いけませんか。」

「この近くへ？」

麻子の顔に困惑が駆け抜けるのを明史は見た。

「四月から大学も本郷ですし、ここへ通うのにも便利だし。」

「笹本夫人にはお話しになったの?」

「まだ。なんにも……。」

そう、とだけ麻子は低く答えた。ただ漠然と夢の如く頭の中を流れていたに過ぎぬ憧れをふと言葉にすると、それがずっと前から決められていた計画のように思われ出した。

8

笹本のおばさんが新宿の東京医大附属病院で診察を受け、しばらく入院して様子をみるようにと医者に言われてから、明史の身のまわりは俄かに慌しくなった。

入院はまだすぐではなかったし、準備に特別手間がかかるようでもなかった。しかし、明史ちゃんの世話を引き受けると約束しておきながらこんなことになって長野の方にも申訳けない、としきりに繰り返す病人に、この家から引越すつもりであることをいつ言い出せばよいかとなると、明史は容易にきっかけが摑めなかった。もう面倒をみてもらえないからここを出るのだ、と受取られるといかにも当てつけがましく聞えそうだし、おじさんを一人残して笹本の家を見捨てるような印象は与えたくなかった。

しかし一方で、これはチャンスだ、と彼が勇み立っているのも事実だった。食事や洗濯から掃除まで、細やかな世話を焼いてくれるので居心地のいいままに過しては来たものの、笹本の家が底の方では長野の両親に繫がっているのは否定出来ない。ここを離れれば父親から更に一歩遠のいた暮しが手にはいる。経済的にまで独立する自信はなかったが、少なくとも精神的にはより大きな自由が得られるだろう。しかも大森という麻子の住む土地が密かに自分を呼んでいる……。

通いの家政婦では充分に手がまわらないので大阪にいる親戚の未亡人に近く来てもらうことにした、とおじさんに知らされた時、明史は下宿に移る決心を告げた。玄関脇の明史の借りている四畳半にその人が住めば万事好都合と思われた。

おばさんにも、もう反対する気力はないようだった。ここの近くにしたらとか、長野の御両親にもよく相談して決めたらとか言われたが、はい、と答えるに留めた。大森に下宿を捜している、とはなんとなく言い出しにくかった。

事実、数日前から明史は大森方面の下宿を当り始めていた。その種の経験の全くない彼は、地方出身で下宿住いの友人や、本郷に進学するために駒場の寮を出なければならず部屋を物色している友達をつかまえ、下宿捜しに関する知識を授けてもらった。個人的な関係をたぐれば便利な場合が多いようではあったが、麻子に頼るのは憚られた。

家庭教師の帰り、樹木の多い道から駅へ向う通りに出た明史は、電柱の貼紙に「下宿」という墨の字のあるのをみつけ、所番地を辿って大森とは反対の大井町方面に歩いてみた。風呂屋の近くと書かれていたため、その家を発見するのにあまり手間はかからなかった。黒ずんだ塀が灰色に褪せている古びた平屋建の家の格子戸を開けると、腰の曲りかけた老婆が現れた。電柱の貼紙を見て訪れたと告げる明史を、彼女は赤茶けた電灯のぶらさがるがらんとした一室に導いた。他に家具らしいものは何もないのに、神棚とも仏壇ともつかぬ大きな祭壇めいたものが正面にでんと蹲っている。朝夕二食の賄つきで下宿代は安かったが、ただ一日に一度はお祈りをしてもらわねばならぬ、と老婆は断固とした口調で宣告した。それを聞くと、借りる部屋を見せてもらう前に明史は早々に退散せざるを得なかった。

駅への道を引返しながら、彼は気が滅入ってならなかった。とりわけ奇妙な家にぶつかったのかもしれないが、下宿捜しの前途が危ぶまれた。今迄の笹本の家での暮しが贅沢過ぎたのだろうか、と暗い気分で反省を迫られた。

大森駅近くの不動産屋で教えられた家は、急な石段を昇った天祖神社の裏手の道をしばらく進んだ先にあった。前に訪れた大井町の家とは違って、こちらは高台にある二階屋だった。石の門をはいり玄関の呼鈴を押した。扉を開けたのは麻子よりやや歳上かと思われる面長の女性だった。

どこか学校の先生に似た話し方をする彼女は、応接間に明史を通すなり、うちは商売の下宿屋ではないので身許のしっかりした学生さんしか受け入れず、門限も厳守してもらい、家族のように生活しているのだ、と一気にまくしたてた。驚いたのは、その話の途中に母親とそっくりの顔立ちをした中学生と小学生くらいの姉妹が黙って登場し、並んでソファーに坐るとためつすがめつ明史を眺め始めたことだった。

そこには正体不明の信仰を強いる老婆の陰湿な気味悪さはなかったが、反対に強い明りの下で相手をうさん臭い動物でも調べるかのように扱う態度が露骨に示されて不快だった。一通りの説明の後で次に相手の質問が始った時、明史はもうまともに答える意欲を失っていた。

部屋だけ借りればより簡単だったかもしれないが、外食券食堂での食事や自炊は面倒でとても長くは続けられそうになかった。唐津家に通うようになってから憧れを抱き始めた大森近辺の土地が意外に気難しい素顔を見せることに失望しつつ、やはり俺は甘やかされていたのだな、とあらためて親の庇護の傘を振り返る思いだった。

それでも三軒目に、麻子の家とは大森の駅を挟んで反対方向の蒲田寄りだが、なんとか我慢出来そうな下宿をみつけ出した。一日中ほとんど陽の当らぬ難点に眼をつぶり、もうそこに決めてしまおう、と考えていた矢先に木賊から電話がかかった。知り合いの農学部の四年生が就職して新潟の方へ引越すのだが、彼のいた部屋を明史に引き継いでもよい、と言っているとの話だった。

「場所はどこ？」

「だから、馬込というのは大森の方じゃないのか？　大森でなければだめなんだろう？」

「馬込ならありがたいよ、理想的だ。是非行ってみる。」

「二階の四畳半で住み心地は悪くないとさ。ただし、美人の娘なんかいないから期待するなってよ。」

「娘は沢山だ。そんな話ではないんだよ。」

親許から通学しているお前なんかに何がわかるか、と言ってやりたいのを堪えて明史はその家の住所を書き取った。今迄のような無縁の家への飛び込みではなく、多少とも個人的な繋がりのある所だと思うと、それだけで心強かった。

「そこに決ったら、なにかあった時に俺を泊めてくれな。」

「ああ、いいよ。」

「でも、どうして大森でなければいけないんだ？」

「週二回の家庭教師の都合だって言ったろうが。」

「本当にそれだけか。」

木賊にならば理由を洩らしてもいいような気がしたが、それは下宿が決ってからでも遅くはないと考え、早速明日にでもその家を訪ねてみるよ、とだけ答えて明史は電話を切った。

翌日の午後早く、彼は木賊に教えられた下宿を訪れた。大森駅からバスに乗るのが便利らしかったが、土地の感じを摑むために多少時間をかけても歩いて行くことにした。駅からその下宿への道が、途中の広い道路にぶつかるまでは麻子の家へ向う順路と重なっているのが嬉しかった。いつもはそこを突切って斜めにゆるやかな坂を登るのだが、今日は広い道路に出ると左へ折れて西へと向う。右手が高台になり、道は一度登り勾配を示してからやがて微かにカーヴしつつだらだらと下り始めるのだから、麻子の家のある高い土地の裾を巡るようにしてその裏手の奥に進むと思われた。

ようやく捜し当てた家は住宅地の袋小路に面した大きな二階屋だった。庭もゆったりとして今迄に訪ねたどこよりも下宿らしくない。ちょうど部屋にいて荷物の整理を始めていた農学部の四年生は、数年前に主人が亡くなったために広過ぎる家の二階を未亡人が学生に貸すようになったいわば素人下宿であり、彼の出る後に知り合いの学生がはいってくれればありがたいとおばさんも喜んでいたよ、ともう話は決ったような口振りで説明してくれた。広い方の八畳には工業大学と慶応に通う兄弟の学生が住んでいるが、廊下の突き当りにあるこの四畳半の方が落着いて住心地がいいのだ、ともつけ加えた。明史が決めようかと考えていた蒲田寄りの下宿屋に比べると雲泥の差があった。それでいてほとんど下宿代は変らないのだから、大柄で色の白い初老の女主人に正式に紹介される前に、明史の心は既に決っていた。

三月中に引越して来る話をまとめ、大谷石の門柱に「松岡」と瀬戸の表札の埋め込まれた家を後にすると、明史の気分は足とともに軽やかに弾んだ。先刻歩いて来た広い道路が先の方に望めた時、明史は見当をつけてT字路を左に折れた。住宅街を縫う細い道がなだらかな登り坂になっていることからも、高台に向っているのは明らかと思われた。

所々に去年の枯草が茂ったままの空地があったり、熊笹の張りついた窪みに出会ったりする曲りくねった道を明史はひたすら歩いた。僅かながらも傾斜の感じられるうちは高い方に進んでいるとの自信があったが、やがて足許が平坦になり、目指す方角に近づくつもりで右へ左へと小刻みに曲折を重ねるうち、自分がどこを歩いているのかわからなくなった。人に訊ねようにも午後の住宅街はひっそりして通行人にも出会わない。ようやく人影をみつけて歩み寄るうちに、どの家にはいったのか姿は消えている。

遠廻りにはなっても、来る時に駅から歩いた広い道路に出なければますます迷うばかりだ、と諦めて一本の通りを曲った時、ふとあたりに見覚えのあるような気がした。これまでに比べて家並みがゆったりし、行手に樹木の数がふえている。もしかしたら、と足を速めると、果して石の塀の先にちらと白い柵がのぞいた。思った通り、いつもとは反対の方向から木立ちのある家の前に出ていた。

決められた曜日の一定の時間を外れて唐津家を訪ねるのは初めてのことだった。しかも電話で都合も聞いていないのだから全くの不意打ちである。麻子が家にいるかいないかより、悪いことでもする時の期待と緊張で無闇に鼓動の高まるのが気にかかる。もし少しでも相手に迷惑そうな様子が見られたら、ドアからはいらずに下宿の決ったことだけを報告してすぐ去ろう、と考えながら明史は手を伸ばして低い門扉の掛け金をはずした。

芽吹きの気配が微かに感じられる木立ちに包まれた午後の家は、ひっそりと静まり返って昼間の眠りに沈んでいるかのようだった。足音を忍ばせて玄関のドアに近づき、ふと立止って居間の窓から中を覗こうとした。眼よりも少し高い位置にある窓からは、本棚の上端と壁に貼られた万里子の赤い魚の絵しか見えない。そっと呼鈴のボタンを押した。二度目に手を伸ばしかけた時、ドアの内側で何かが動き、はい、どなた、とこもった声が聞えた。

「明史です。突然伺って、すみません。」

「まあ、明史ちゃん、どうしたの。」

鍵の開けられる音とともにドアが開いた。淡いピンクの立襟のブラウスに白いカーディガンを羽織った麻子が見開いた眼を明史に向けた。

「笹本のお姉さんになにか?」

「違うんです。びっくりさせて、ごめんなさい。」

「ならいいけど……。そんな所に立っていないで、おはいりなさいよ。」

「かまわないのですか。」

「ちょうどお茶でも飲もうかと思っていたの。お相手が出来て嬉しいわ。」

「万里子ちゃんは、まだ?」

「今日は六時間の日だからね。万里子に御用?」

「いえ、お母様の方に。」

「まあ、光栄だわ。」

早速台所にはいってお茶の支度にかかるらしい麻子の返事に、皮肉の響きはこめられていないようだった。いつもの椅子に腰を下し、ほっとして明史は室内を見廻した。ソファーに英語らしい大版の雑誌が拡げられ、薔薇模様の小型のクッションが肘掛けに押しつけられたまま僅かに窪んでいる。テーブルの灰皿に二、三本の長い吸殻がはいっていたが、いつかのように口紅がはっきりとはついていなかった。通い慣れた部屋なのに、どこか日頃と違う大人の雰囲気の漂っているのが新鮮だった。

紅茶のカップをのせた盆の上に丸味を帯びた瓶があった。今日は万里子がいないから、と独り言のように呟いた麻子は、瓶を慎重に傾けて黄金色の液体を紅茶に滴らせた。一口飲むと澄んだ芳香が輝くように顔を包んだ。

麻子が見舞って以後の笹本のおばさんの容態を説明し、来週あたり入院の運びになるだろうと伝えて話が一段落すると、さて、といった様子で麻子は明史の顔を見た。

「今日、突然伺ったのは——。」

「はい、突然伺ったのは？」

麻子はなにかを面白がる表情で煙草をくわえ、ラッキーストライクを彼の前に滑らせた。

「東馬込の方に引越して来ることに決めました。」

「やはり、本気だったのね。」

「大学の先輩のいた素人下宿が空くので、その後にはいることにして今話を決めた帰りなんです。」

麻子の顔からゆとりの表情が消えて行くのを見つめながら彼は答えた。

「そう、どの辺り？」

声は反対に落着いた穏やかな調子に変っていた。住所は教えられても、来るのに迷ったからどの方角に当るのかはっきりしないという返事を聞くと、ようやく麻子の顔に淡い笑いが戻って来た。

「裏からまっすぐ来れば、案外近いみたいね。」

「近くなっても、用もないのにふらふら寄ってお邪魔したりはしませんから。今日は報告するために特別だったんです。」

「そんなこと心配していないわ。どうしてそう思うの？」

麻子の質問にはどこか意地悪い陰があるようで明史は慌てた。

「だって、近くに来て迷惑だと思われたら困るから。」

「迷惑をかけそう？」

「いいえ、絶対にそうじゃありません。」

「なら、余計なことを考えなくてもいいじゃないの。」

突き放す口調でそう言われると明史は物足りぬものを感じた。疎まれることを恐れる一方で、迷惑をかけるほど麻子に躙《にじ》り寄りたがっている自分を意識した。しかしそれをどう表現すればよいのかに戸惑い、彼は黙りこんだ。

「笹本夫人にはもう報告したの？」

「下宿を捜すことは言ってあるけど、大森に決めたのは今日ですから、まだ――。」

「あまり賛成しないんじゃないかしら。」

「なぜですか。」

思わず明史は気色ばんだ。この件に関して笹本のおばさんに干渉される筋合いはない。それが長野の両親に繋がっている彼女への反感なのか、麻子の背後に立っている彼女に対する不快なのか、見定めはつかなかったが憤りを覚えた。

問いかけには答えずに、麻子は薄い口唇をくわえこむようにしてただ首を横に振ってみせた。濃い表情を滲ませた独得の仕種に見覚えがあった。去年の夏休み明け、万里子のテストの成績を訊ねた彼に応えた顔だった。その時は、針の先でどこか一点を突けばたちまち濡れた笑いが顔面に拡がりそうにも思えたのだが、今は謎めいた表情に更に奥行きがまし、何が飛び出して来るか見当がつかなかった。

「もう決めてしまったのだから。」

誰に聞かせるつもりもなく、自分に向けて明史は低く呟いた。

「そうよね、貴方が決めたんですものね。誰もなんにも言う必要はないわ。」

顔にかかった煙草の煙を手で払いのけて麻子が言った。

「僕もそう思います。」

初めて素直な言葉を口に出せる気がした。

「いつお引越し?」

「おばさんが入院したらすぐにと思っています。」

「その方がいいわね。下宿にはいるのにお金が要るんでしょう。大丈夫?」

「週に二回、アルバイトしていますから。」

急に弾み始めた調子に乗って明史は答えた。

「あら、大変ねえ。出来ない子を教えるのに苦労しているんじゃないの？」

「頭のいい生徒で、教える張り合いがあるんだな。それに、彼女のお母さんがとても素敵な人だから。」

「どんなふうに素敵なのかしら。」

「ほっそりした綺麗な人で、高原の白樺みたいって言うか、夕暮れの薔薇みたいと言うか。」

真顔の明史を睨んで麻子が吹き出した。

「それじゃ、まるで三文文士かへっぽこ詩人よ。」

「どう表現すればいいですか。」

「せいぜい、枯草とか、落葉とか。」

「わかった。金の枯草に銀の落葉だ。」

「ばかばっかり言って……。」

柔らかな笑いを顔に拡げた麻子は大袈裟に一つ肩を竦めると、モヘアの白いカーディガンを胸の前に掻き合わせた。

帰り際、玄関で靴を履く明史の背に麻子が声を落した。

「引越して来たら、変に遠慮したりせずに、万里子の勉強のない日にも寄って頂戴ね。笹本夫人みたいなお世話は出来ないけど。」

振り向くとひどく分別臭い雰囲気に身を包んだ麻子が立っていた。笹本のおばさんの代りになるつもりだろうか、と考えると俄かに味気無さを覚えた。

「寂しくなったら寄らせてもらいます。」

「それがいいわ。」

「いつでも寂しいんです。」

麻子の眼を見ずにそう言うと急いでドアを閉めた。白い柵の扉を開けて道に出るまでの間、居間の窓から彼女がじっとこちらを見ているような気がしてならなかった。

9

春休みを境にして明史の生活は変った。三月の中旬に笹本のおばさんが東京医大の附属病院に入院すると、その週のうちに彼も大森へ引越した。小さな座机と本の他は蒲団に衣類しかないので、荷物は運送店のオート三輪の荷台にゆっくり納った。

長野の母親には、おばさんの入院と自分の転居を知らせ、新学期のための準備もあるので春休みは帰れない、と手紙を出した。落着いたらそのうち病院に見舞いに行くつもりだ、とも書き添えた。

母親からは折り返し、新しい下宿の様子を詳しく知らせて欲しい、要るものがあれば言ってくれればすぐ送る、今迄と違って全くの他人の中で暮すのだから呉々も健康に注意するように、などと綴った返事が届いたが、明史はそれを机の抽出しに入れたままにした。

南側に低い出窓のある松岡家の二階の四畳半は住心地が良さそうだった。壁一枚を隔てた隣同士なので、最初は八畳間の学生がうるさいのを警戒したけれど、無用の心配らしかった。工業大学に通う兄の方は実験が忙しく帰りも遅いし夜も勉強ばかりしている。弟の方は何をしているのか週に半分も帰って来ない様子だった。賢兄愚弟ね、と言って松岡未亡人は屈託のない笑顔をみせた。

大森の駅へ出るのにバスに乗らず、遠廻りして二、三度歩いてみると麻子の家への近道はすぐに確かめられた。いつでも寄れるのだからと明史は逸る心を抑え、次の家庭教師の日が来るまでは白い柵の囲いを遠くから眺めるだけにして横の道にそれた。こんな傍に住んでいるのだ、と思うと気持ちに余裕が生れていた。同時に、もしあの家に気儘に寄り始めてしまったら、もう留め処もなくなりそうな恐れが身体の奥で蠢めくのも認めねばならなかった。そして結局は、大森の土地に引越したことによるゆとりを味わい、恐れを楽しむようにして明史は新しい生活に踏み出したのだった。

大学の空気も、本郷に進むとかなり変った。駒場の教養学部にはどこか高校の延長に似た伸びやかな風が吹き通い、何をやっても若さの匂いがついてまわる透明感が漂っていたが、本郷はまず建物からずっしりと重く、頭を押えつけられる重苦しさがあった。駒場の時計台は空に向けて軽やかに立っているのに対し、安田講堂は銀杏並木の果てに地を圧して構えていた。昼間でも薄暗いアーケードに設けられた掲示板で曜日毎の講義を拾い出し、時間割を組むのにも専門科目が多いので勝手が違った。

駒場では第二外国語の選択によってクラスが編制されていた。経済学部にはいるとクラスがないかわりにゼミナールを選ぶことになる。明史は入学時の考えに従って経済原論のゼミを希望した。資本主義社会の本質を捉えるには、マルクス主義経済学の基本を学ばねばなるまい、と単純に考えていたからだ。

ゼミナールは教授、助教授が専門の領域について二十名程度の学生を集め、通常の講義の後の遅い時間に週一回開かれるのだが、その年は原論をテーマとするゼミは少なかった。

川守助教授のゼミナールは希望者が多いので面接の後参加者を決定する、との掲示が出された。指定された日時に経済学部の研究室を訪れると、レンズの厚い眼鏡をかけた色白の助教授が机の向うに坐っていた。頬だけがぽっと赤いのは、肺結核で一年前まで休んでいたせいだろう、と仲間の噂話を明史は思い出した。

「倉沢君は、どうして原論のゼミにはいりたいのですか。」

高いけれど穏やかな声で川守助教授が質問した。

「僕は実は、小説を書きたいと思っているんです。」

他に誰もいない室内の静まりと、相手が予想したほど重々しい学者タイプの先生ではなかったことに誘われて、明史は用意していたのとは別の言葉を口に出していた。

「ほう、ではどうして文学部ではなく経済学部に来たの？」

希望者を選別するための面接でこんな見当違いのことを答えてまずかったか、と後悔しながらも、それは現代社会の仕組みを土台のところでしっかり摑んでおかなければ、西欧のような本格的な小説を生み出すのは難しいのではないかと考えるからだ、と熱をこめて説明した。そのためには、下部構造を明らかにするマルクス主義経済学の原理を学んでおく必要があるに違いない——。

話を遮るようにして助教授が口を挟んだ。

「君のいう西欧の本格的な小説というのは、たとえばどんな作品ですか。」

「たとえば、バルザックの『人間喜劇』のような——。」

「あれは、社会の仕組みを土台のところで捉えている？」

「そうではないでしょうか……。」

意外な方向に進み始めた質問にまごついて明史の声は前より小さくなった。

「彼はたしか、ソルボンヌで法律の勉強をしたんでしたね。」

「さあ……。知りませんでした。」

厭なことを教えられた、と明史は口唇を歪めた。

「バルザックは、大学で経済学の勉強をしたから、君の言う社会の仕組みを土台のところで捉えられたのでしょうかね。」

眼鏡の奥で助教授の眼が面白そうに細められている。

「法律の勉強をしたのだとすれば……。」

バルザックが弁護士だった、などとは聞いたことがない。とすれば、それはなんのためだったか。混乱して明史の言葉は跡切れた。

「彼がもし、経済の力を学んだとしたら、それは出版業とか、印刷業、更には活字の鋳造にまで手を出して、当時の金で十万フランに近い負債を背負いこんだその実業的体験からではなかったか、と僕は考えるのですが、君の意見はいかがですか。」

経済学者にどうせ小説のことなどわかりはすまい、と高を括っていた明史は助教授の反論を前に狼狽えた。

「十九世紀においてはそうだったかもしれませんが、二十世紀にはいると事情は違って来るように思います。」

「十九世紀ねえ……。バルザックとマルクスと、どちらが歳上だったか知っていますか。」

明史にとっては更に突飛な質問が追い打ちをかけて来た。国も違うし、全く別の世界の人間として夫々を受けとめて来た明史には二人がすぐに結びつかない。

「わかりません。」

手がかりを探って推論するのを諦め、彼は無愛想に答えた。

「僕の記憶に間違いがなければ、バルザックの方が二十歳ほど歳上ですね。つまり、バルザックはマルクスから学んではいない。」

そこまで言うと助教授は明史から眼を離さずに白いハンカチを出して口のまわりを拭い、楽しそうに笑い始めた。

「ですから、それは別の問題です。僕は二十世紀後半の現代文学について考えて、そのためには社会科学的な認識が不可欠であろう、と思っているのです。たとえば一言でリアリズムといっても、十九世紀のリアリズムと現代のリアリズムが同じだとは考えられませんし――。」

「いや、君の考え方が間違っているというのではありませんよ。こちらは文学の門外漢だしね。原論を勉強したいと希望するモチーフは理解出来る。マルクス主義の経済学は、いや、そもそも経済学なるものは人間の学だと僕は信じていますから。ただね、君の説明が僕にはいささか機械的に聞えたものでね、少し話を聞きたくなっただけですよ。」

ハンカチを上着のポケットにしまった川守助教授は、まだ微かに笑いの残る顔で頷いてみせた。

「なるべく問題を単純にして明解に答えようとしたもので、いささか機械的に聞えたかもしれません。」

「そうか、君は極めて親切に答えてくれたわけだね。それはありがとう。」

今度は相手は肩を震わせて笑い出した。奇妙な面接はそれで終ったらしかった。立上った助教授は、君の考えているのは案外難しいことなのかもしれませんよ、と真顔に戻ってつけ加えた。はあ、と返事をして頭を下げながら、それが経済原論の学習について言われたのか、小説の問題として付言されたのか、明史にはわからなかった。経済学の教師とはいえ侮ってはならぬぞ、と自戒する反面、あそこでバルザックを出したのがまずかったので、もしスタンダールの名をあげていればどうだったろう、などとしきりに想像を巡らせつつ彼は研究室のある建物を出た。

おかしな面接であったにもかかわらず、明史は川守ゼミへの参加を認められた。暗いアーケードからはいった横穴のような学務課に聴講届を出し、三年次の時間割を組み終ると、彼は万里子の下校時間と睨み合わせて家庭教師の曜日を決め直した。五年生になった万里子は帰りの遅い日がふえたので勉強の時間を後にずらす必要があったが、住いが近い明史は一向に苦痛を感じなかった。

下宿も大学も家庭教師も、すべてが新しい生活の中に夫々の位置を占めて一段落すると、明史は早速入院している笹本のおばさんを見舞いに行くことにした。家庭教師に訪れた折、明日は新宿の病院に行ってみるつもりだ、と彼が洩らすと、万里子の帰宅が遅い日だから私も行こうかしら、と麻子がつられたように応えた。一人で病室を訪れるのが気詰りだった彼には願ってもない幸運だった。しかも、それが街の中で麻子と会える機会にもなるのだ、と思うと尚更胸がふくらんだ。おばさんの見舞いよりも、そちらの方に関心と期待の傾いてしまう自分を彼は抑え切れなかった。

翌日、明史がおばさんの病室に辿り着いた時には、四人部屋の窓際にもう麻子の姿があった。出がけにアーケードの前で牛尾につかまり、今日は日韓会談反対、ＭＳＡ（相互防衛援助協定）日米交渉反対の決起集会が各学内で開かれるが参加するだろうな、と念を押された。その予定は前から知っており、場合によっては大会の途中から抜け出して夕方までに病院に着けばよいと考えていた明史だったが、二時に病院で会う約束を麻子と交してしまった以上、もう選択の余地はなかった。世話になっている人が入院しているのだが、急に容態が悪くなったのでこれから病院に行かねばならない、と牛尾に言訳けしながら、また嘘をついている、と明史は後ろめたかった。

君にその集会のルポを書いてもらってのせようと思っていたんだがな、と牛尾は政党の青年組織が学内向けに発行している機関紙の名をあげた。その種の仕事は自分が引き受けねばならぬ最低の義務だと考えてこれまでも明史は努力して来たが、今日だけは不可能だった。病院を覗いて大丈夫そうだったらすぐに引き返して参加するから、と相手に告げた。更に嘘を重ねている、と後ろめたさは増したけれど、それにこだわるゆとりはなかった。病院はどこだ、と牛尾が訊ねた。新宿、という返事を聞いた牛尾は腕時計に眼を落し、張り出した顎を強く一撫ですると、ま、頼むよな、と言い残して地下の第一食堂の方に去って行った。病院に着くまでは割り切れぬものがもやもやと胸の中で揺れていた。しかしベッドに向けて上体を傾けている麻子の影を眼にした途端にそれはあっさりと消え去った。

来た、来た、という表情で明史を認めた麻子がベッドに何か小声で語りかけた。白い上掛けが動いて笹本のおばさんの顔が枕から持ち上った。上半身を起した彼女は、化粧していないせいもあるのか、短い間に急に歳をとった感じだった。麻子がその肩に素早く毛糸の茶羽織を掛けた。

同じ家に暮している時は取りとめもない会話を自然に交していた筈なのに、相手が病院のベッドの上に隔てられると妙にあらたまってしまい、明史の言葉は跡切れがちだった。おばさんの問いかけに答えて新しい下宿の様子などを一通り説明した後は、女同士のやり取りをぼんやり聞き流しながら彼は室内に眼を彷徨《さまよ》わせた。

壁際のベッドでは、寝たままの患者が見舞いに来た男と小声で話し合っている。通路の反対側のベッドはぐるりとカーテンが巡らされ、ひっそりと静まっているだけにかえって病人の気配が濃厚に感じられた。おばさんの足の先にあるベッドは若い女だったが、仰向いて読んでいる雑誌の陰からちらちらと顔を出してこちらを覗くのが気になった。

「……ま、焦らない方がいいわよ。」

おばさんの声が明史の注意を惹いた。

「でもねえ、そうばかりも言っていられないから……。」

「万里子ちゃんはもう五年生だったっけ？」

「だから、余計……。」

「しばらく会わない間に、大きくなったでしょうね。お勉強の方はうまくいってる？」

「それだけは、こちらの先生のお陰で全然違って来たの。」

いきなり麻子が招くような眼付きで明史を振り向いた。は？　と明史は初めて二人の話に気がついたふうを装った。

「明史ちゃんは素晴しい先生だってさ。」

麻子を前にしているせいか、おばさんの言葉遣いは家にいた時とは少し違っていた。

「ついでに、あの子をお嫁さんにもらってくれたら助かるんだけど。」

つられたように麻子の声も滑らかになった。

「そうね、貴女、明史ちゃんによく頼んでおきなさいよ。十くらい歳が違うのは珍しくないものねえ。」

「でも駄目よ、こちらの先生は。それまでに誰かに取られちゃう。」

「だから今から約束して、麻子さんがしっかり見張っているのよ。」

「とても無理。お姉さんなら出来ても、私には手に余るわ。」

「明史ちゃん、貴方、そんなにもてるの？」

皮膚が剝き出しになった感じのおばさんの顔がベッドの上から突き出されるのに明史は閉口した。

「……僕に何も言わせずに、そっちで勝手に決めて話しているんだから。」

それは女二人にかないっこないわよね、と笑った後でおばさんはようやく家にいた時の顔に戻った。

「どこに行っちゃうのかと心配したけど、大森に下宿みつけてくれてよかった。麻子さんの近くに居ると思うだけで安心出来るもの。なにか困ったことがあったら、遠慮しないでこの人に相談しなさいね。私より若い分だけきっと頼りになるから。」

明史は黙って頷くと麻子を見た。

「それが、頼りにならなくてねえ……。でもほんと、もし出来ることがあったら、喜んで。」

彼女は首を傾げて明史の視線を受け止めた。その中に、おばさんの考えているよりも二人は既にもう少し近くに立っているのだ、という信号を読み取ろうとしたが、彼女の眼にはただ善意だけが光っているようだった。

帰り際、お大事にと挨拶した明史が病室の出口に向けて歩き出すのを待っていた様子で、病人が麻子を呼び止めた。枕に頭をつけたおばさんの上にかがみこんだ麻子が熱心に幾度も頷いている。最後に首を竦めて小さく笑った麻子は病人の胸のあたりを軽く叩き、まわりのベッドに声をかけてから、廊下に立っている明史に追いついた。

「お姉さん、元気そうでよかったわ。この前来た時よりずっと元気。」

エレベーターの方に歩き出すとすぐ、麻子はどこか上ずった声で話しかけて来た。

「少し元気過ぎるんじゃないのかな、あの御病人は。」

「悪いこと言って。お姉さんに言いつけるから。」

いきなり後ろから腕を抓《つね》られて明史は驚いた。おばさんと会っている時、麻子が日頃より若やいで伸び伸びと眼に映るのが新鮮だった。

「だって本当だもの。あれならそのうち退院出来るかもしれない。」

「そしたら、またあのおうちに戻るの?」

「いえ、もう戻りません。」

「どうして?」

「大森が好きだもの。」

麻子は答えなかった。病院特有ののろのろした動きでエレベーターの扉が開いた。パジャマ姿の初老の男が、中の壁に張りつくようにしてじろりと二人を睨んだ。

病院を出た明史は、新宿の駅まで麻子と並んで曇り空の下の青梅街道をゆっくり歩いた。玉虫色のコートのベルトを留め金で締めずに無造作に結んだまま垂らし、踵の高い靴の音を舗石に刻む麻子は、街の眺めに溶けこんでしっとりと美しかった。駅の西側には浄水場や学校の他はなにもないので、山手線のガードをくぐった東側へ抜け、静かな喫茶店に向き合って坐る夢を彼は一歩一歩育て続けた。音楽の流れる仄暗い「らんぶる」にするか、店内に緑の多い「風月堂」がいいか、そしてそれをどんなふうに切り出したものか、と考えを追いながら精華学園の前まで来た折だった。このまま大森へ帰るのでしょう、と麻子が訊ねた。

「他に用はないけれど……。」

曖昧に明史は答えた。

「それならね、ちょっと渋谷で買物があるんだけど、一緒に寄って下さらない？　用が済んだら美味しい珈琲を飲ませてあげるから。」

「一緒なら、どこへでも行きますよ。」

思わず声に力がはいった。「らんぶる」も「風月堂」も消えて、時々触れるコートの柔らかな肩だけを感じていた。

電車の中では近々と寄り添って立ち、自分よりやや丈の低い麻子の髪の匂いを胸いっぱいに吸いこんだ。仄かな香料の中に、まぎれもない女の髪の匂いが隠れていた。電車が揺れてよろけると、麻子は学生服の腕を摑んだ。無理して高い靴を履いて来たから、と笑いながら相手が腕を離した後、明史はコートの袖の下に手を入れて彼女をそっと支え続けた。何か言われるかと用心したが、彼女は乗客の肩越しに窓の外を眺めているだけだった。もう少し電車がこめばいいのに、と思う間に渋谷駅のプラットフォームが眼に流れこんで来た。

次第に重みを増した雲が早過ぎる夕暮れを招き寄せたような駅前の広場を、明史は麻子と並んで交叉点の方へ進んだ。

「どっちへ行くの？」

雑踏に紛れて明史は甘えた口調で訊ねた。

「ん？　道玄坂を登りかけたところ。でもすぐだから。」

信号が青に変って車道に踏み出そうとした時、その坂のあたりにどよめきが起った。通行人が一斉にそちらに顔を向け、警官の吹き鳴らすらしい鋭い警笛が断続して耳を刺した。

「なあに？」

「待って。」

道を渡ろうとする麻子を明史は引き止めた。その瞬間、前方の坂の角からどっと学生服の一団が隊列を組んで押し出して来た。何を叫ぶのか、揃って声を挙げる彼等はスクラムのまま交叉点を突切り、明史達の立つ広場にはいると幾名かが素早く通行人にビラを配り始めた。咄嗟に明史は身を隠したい衝動に駆られて麻子の背後に廻った。襟に銀杏のバッジをつけた学生から手渡されたビラを彼女は物珍しそうに眺めている。日韓会談反対、ＭＳＡ交渉反対、保安大学開校反対、再軍備を阻止せよ、徴兵制度復活を許すな、と感嘆符にまみれたスローガンが並び、最後に東大教養学部決起集会の名が読めた。本郷では街頭デモに出るとの話は聞いていなかったが、駒場では集会の席上渋谷までの行進と広場でのアピールが急遽採択され、無届デモが敢行されたに違いない。

学生の数は二百名程度で多くはないが、円陣が組まれて見覚えのある一年下級の自治会常任委員が訴えの演説を始めると通行人の足は止り、人だかりはたちまち広場にふくらんでいく。聴衆の間を縫って敏捷に動きまわっているのが文研の水垣であるのに明史は気がついた。本来は自分もその種の円陣に加わっていなければならぬ筈だった。しかし今は麻子と共に人垣の陰にひそんでいたい、との願いの方が遥かに強かった。緊張した面持ちの警官が二人、三人とかたまって遠巻きに群衆を見守っている。早口の常任委員のアピールは声が掠れるほど高まった。この後がどうなるか、明史にはおおよその見当がついた。麻子を引き止めたことを後悔した。

行こう、と彼女の腕に手をかけた時は既に遅かった。井之頭線のガードの向うからサイレンの音が聞え、やがて赤いランプを点滅させた白塗りのトラックの近づいて来るのが見えた。近くに待機でもしていたのか、方面予備隊の警官達の到着は予想以上に早かった。無届集会である以上、一応の目的を達したらさっと解散して学生達は群衆の中に紛れこむ筈なのに、集った人垣の厚さに方針を変更したか、小柄な常任委員は拳を振ってまだ訴えを止めようとはしない。

広場に横付けにされたトラックから警官達が次々に飛び降り、車のスピーカーがこれは違法の無届集会であるから直ちに解散せよと警告を発した。群衆の中から抗議の叫びが上り、常任委員はこれが民主国家日本の実態だ、よく見てくれ、と更に声を振り絞り、人垣から賛意と激励の拍手が湧いて広場は騒然とした空気に包まれた。通りかかった二人のアメリカ兵が面白そうに騒ぎにカメラを向け、その行為に怒号が浴せられると笑いながら遠ざかって行く。

「あの人達、どうしてすぐ止めないの。」

強ばった表情の麻子が明史を詰《なじ》るように言った。

「危いから、離れていた方がいい。」

答えるかわりに彼は麻子の腕を摑んで広場の端へ導いた。繰り返される警告の内容が、指示に従わなければ直ちに実力行使に移る、と緊張の響きを帯びた。円陣の外にもう一つの人だかりが生れ、その中心で二、三人の警官となにか激しく言い争っているのは水垣だった。こんな時、俺はいつも逃げ場を逸早く捜していた、との思いが頭をかすめた。息を詰めて見つめるうちに、水垣を包んだ小さな人だかりはじりじりと白いトラックの方に引き寄せられた。突然大きな環が崩れ、人波がどおっと散って麻子の前までよろけて来る男がいた。

「行きましょう、もう。」

彼女の手を摑んで明史は小走りに広場を離れた。交通規制している警官の指示に従って道路を渡り、振り返ってみると先刻まで人の群れ集っていた場所は顎紐をかけた警官達に埋められていた。

「学生さん達は、どうして無届の集会をするの？」

後ろを見ながら歩く麻子の顔は青ざめていた。

「でも、もともと集会の自由と——。」

「さっきの人達、お巡りさんに捕まったのかしら。」

「さあ……。」

「明史ちゃんの学校の人でしょう？」

「だけどあれは駒場の学生だから――。」

「貴方もあんな危いことするの？」

「………。」

「危いことするの？」

麻子は歩道の真中に立ち止っていた。問い質すというより、胸にあるものを叩きつける口調だった。

「駄目よ、絶対に駄目。危いことをしないって約束して。」

明史の前に立ち塞がった彼女は、学生服の両腕を痛いほど摑んで揺すぶった。通りがかりの人に見られているのが恥しく、そのまま彼は麻子を押すようにして坂に向った。

「難しいことはわからないけど、あの人達が間違っているとは思わない。でも、あんな危いことはいけないわ。」

ようやく肩を並べて坂にかかった彼女は、まだ息を弾ませているようだった。

「僕は何もしないでここに居るじゃありませんか。」

明史は自分の内に生れた混乱の醜さにたじろいでいた。衝突の現場から逃げ出したためだけでなく、水垣を見捨てるのに似た居たたまれぬ思いにつきまとわれた。それでいて一方、麻子の予想外の反応にぶつかり、その中になにやら甘美なものを味わっているのも否定出来なかった。言われることは母親の心配や忠告と同じでありながら、そこには比べようもないほど快い陰翳の襞が孕まれていた。我が身に注がれる彼女の気遣いを、ひたすら個人的な感情の現れとして肌に浴びたかった。仲間を見捨てて逃げる後ろ暗さが、赤剝けになった内臓のように麻子に寄り添いたがっていた。

緩やかな坂の上から何か叫びながら広場に向けて駆け降りて来る男達がいる。背後でまたどよめきが起り、警官の声がスピーカーから一段と高く流れた。明史の足が止った。

「行かない方がいいわ。ね、私と一緒にいて。」

麻子の声が今度は誘う調子で囁きかけた。広場への気がかりと彼女に向う心情とがぶつかり合って息が詰りそうだった。しかし、彼女を坂の途中に残して自分一人が衝突の場に駆け戻ったりはしないことを彼はどこかで承知していた。ただ、その心苦しさを断ち切る弾みを手に入れるには、ほんの少し広場に身を傾けてみる必要があった。

「明史ちゃんは、もう私が預ったのよ。病院でお姉さんと約束した。」

「僕の気持ちまで、預ってくれるんですか。」

麻子は先に立って歩き出した。

「出来るかどうかわからないけど、あなたに必要なら精一杯やってみる。」

「それも笹本のおばさんと約束した？」

「ばかね。これは内緒よ。」

前を見詰める麻子の横顔を哀しげな澄んだ影がよぎった。ごめんなさい、と明史は口の中で呟いた。駅の方角からまた新しいサイレンの音が聞えた。遠い谷間の出来事のようにその響きは耳に届いた。

俺は卑怯だ、と彼は思った。卑怯だから正直なのだ、とすぐに思い直した。

「いやねえ、通り過ぎたらしいわ。」

麻子がわざとらしく明るい声をたてて歩道沿いの店を見廻した。その周囲にだけ、いつもの渋谷の商店街の賑わいがほっと光の環になって浮かんだようだった。

10

梅雨がもうそこまで来ていた。雨になれば気温も下りそうなのに、雲で濾《こ》されたような白い光が連日町を覆い、蒸し暑い日が続いて身体がだるかった。

万里子もいつになく勉強に身がはいらず、ノートの開いたページに鉛筆を立てたまま顎をテーブルにのせて上眼づかいに明史の様子をちらちら窺っている。教科書を開いてしばらくした時、電話がかかって麻子の出かけたのもいけないらしかった。急用が出来たので田町まで行かねばならないが、勉強の終る頃までにもし帰れなかったら少しの間留守番を頼めるか、と彼女は言いにくそうに明史に訊ねた。ええ？　と不服げに万里子が母親を振り返るのを抑え、遅くなっても帰るまでは必ずいるから心配せずに行って来るように、と彼は答えた。

麻子がいなくなると娘の態度の変るのが面白かった。とりわけ厳しい母親とも思われぬのに、家の中に監督の眼がなくなったためか、万里子は明らかにテーブルから離れたがっていた。二度ほどはそれを無視して勉強を進めたが、三度目には明史にも生徒に同調する気分が生れた。

「今日は少し早くおしまいにしようか。」

彼の言葉に、そうしようか、とこましゃくれた口振りで応じた万里子はいそいそと教科書とノートを閉じ、壁際のソファーに倒れこんだ。

「本当いうとね、眠くてしようがないの。」

「どうして。昨夜遅かった？」

「寝たのは普通だったけど、なかなか眠れなかったんだもの。」

「なぜさ。」

「ママがいつまでも本を読んでいたから。」

ソファーの上では一向に眠くなさそうな万里子が答えた。

「同じ部屋で寝ているの？」

小学校の五年生くらいの時に自分はどんなふうに寝ていたろう、と明史はふと昔に引き戻された。学童疎開に行く前なのだから、大久保の家の二階の八畳間に親子四人の蒲団を並べて敷いていたような記憶がある。五年生にもなればそうでもなかったが、幼い頃は一人で暗い二階に上って先に寝るのが怖くてならなかった……。

「ベッドが並んでいるもの。」

「ベッドなのか。洒落ているんだな。」

「先生は?」

「僕はせんべい蒲団。」

返事がおかしかったのか、万里子はソファーの上で笑い転げた。

「万里ちゃんの部屋はないのかい?」

「あるわよ。だけどそこは机と椅子と本箱と、小さなたんすと。」

「ママの部屋は?」

「ベッドと三面鏡と、やっぱり整理だんすと……。」

「二階は二間なの?」

「うん。あ、先生、二階に来たことないんだっけ。」

「知らないよ、この居間しか。」

万里子は感心したように頷いて身を起すと、まじまじと明史を見詰めた。

「二階、行ってみたい？」

頰にかかった髪を細い指で耳の後ろに梳いた万里子が言った。少し声が大人びて誘うような響きがあった。勉強を早く切り上げてくれたことへの感謝の意味もあるのかもしれなかった。

玄関の昇り口からいつも窺うように見あげていた二階には強い関心があった。麻子の寝る部屋を一目でいいから覗いてみたかった。あからさまにそうは言えず、彼は別の答え方をした。

「万里ちゃんの部屋は、見たいなあ。」

「よおし、ちょっと待って。」

彼女は大仰な忍び足で居間を出て行こうとする。

「でも、ママのいない時に二階へ行ったりしたら、帰って来て叱られそうだな。」

「黙っていればいいじゃないの。」

挑む口調でそう言うと、振り向きもせずに娘は二階への階段に小さな足音をたてていた。

先生、どうぞ、とませた声が聞えた。明史は窓の外に眼を走らせてから玄関に出た。階段の上で万里子が手招きしている。狭い踊り場から急角度に右に折れる木の階段を明史は一つ一つ踏みしめて昇った。本当に万里子は黙っていてくれるだろうか。何を期待しているのか自分でも摑めぬまま、期待で胸が苦しいほどだった。

階段を昇った所に短い廊下があり、突き当りのドアが開いている。左手のもう一つの閉じたドアを背にした万里子が、黙って自分の部屋を指差した。木製のがっしりした机と椅子が窓際に置かれた、小綺麗な子供部屋だった。机の横のフランス窓からベランダに出られるらしく、外の手摺ごしに庭の木立ちの緑が眺められた。

「ここで勉強して、寝る時はママと一緒なのか。」

「そう。」

「案外甘えん坊なんだ。」

「ママがね。」

すましてそう答えると、自分の椅子に坐った万里子は机の抽出しをあけて自慢げに小さな箱を取り出した。中には柔らかそうな布の上に華奢な婦人持ちの腕時計がはいっている。耳にあてると微かに秒を刻む音がした。

「本物だよ。」

「へえ、ロンジンじゃないか。こんな大人の時計、どうしたの?」

「もらったの、ママに。毎日、捲いているの。まだ、しちゃいけないんだけどね、持っていなさいって。」

大切そうに蓋をしめた箱を抽出しに戻す万里子を眺めているうちに、ふと明史は深々と澄んだ悲しい気分に引き込まれた。いま眼にした、昆虫の触角よりも細い二本の針に刻まれていく母娘二人だけの時間が、いいようもない寂寥に包まれて眼の前にあった。その中に踏み込んだ自分がひどくがさつな生き物の感じだった。

いきなり下で電話のベルが鳴り出した。階下から麻子に呼ばれた気がして明史はびくりとした。

「ママだ、きっと。」

椅子から素早く立上った万里子は両手を拡げて明史を部屋から追いたてた。ドアを閉めると彼の横をすり抜けて階段を駆け降りて行く。母親かららしい電話を受ける万里子の高い声を聞きながら、階段の上で足が止った。今、二階にいるのは彼一人だった。ほんの一目でいいから麻子の寝室を覗きたい、という願いがいきなり頭の奥を焼いた。階段にかかる筈のスリッパが横にそれ、彼の指はもう一つのドアのノブを握っていた。冷たい手のような感触を掌に覚えた瞬間、ドアは細く開いて明るい室内が窺えた。窓に枕を向けて大きなツインベッドが並んでいる。ほとんどそれで埋ってしまった部屋の壁につけて、背の高い三面鏡と白塗りの整理だんすが置かれ、一方のベッドの上に麻子の衣類が二、三枚投げ出されていた。思いきり息を吸いこむと、微かな肌の匂いが咽喉の奥に流れこんだ。映画で観る外国の寝室のようでありながら、それにはあまりに狭く、整理だんすの上に雑然と積まれた本や雑誌、小さな箱や薬瓶、三面鏡のスツールに横たえられたハンドバッグ、ベッドの枕近くに転がった薄汚れた兎のぬいぐるみなどに、母と娘の暮しの色が塗りこめられている。

整然とととのえられた階下の居間の裏側に掘られた穴にも似た一室に、明史は強く惹き寄せられた。ぬいぐるみののっていない方のベッドの僅かに窪んだ枕に顔を押しつけ、麻子の残り香を存分に味わってみたかった。

急に電話の受け答えが聞えなくなっていた。寝室のドアを音を殺して閉め、階段をわざとらしく踏み鳴らして彼は下に降りた。そこまで来ると、うん、うん、と頷く万里子の小さな声が耳に届いた。

「違うよ、先生とね、お庭にいたの。」

受話器を摑んだ万里子が唐突に高い声をあげた。居間の隅で真顔で答える万里子を眼にすると、自分が本当に彼女と庭に出ていたかのような錯覚をおぼえた。はい、と最後にひどく素直に答えた万里子は電話を切り、ママはこれから電車に乗るので二十分位したら帰る筈だ、と明史に告げた。

「勉強していないって叱られたろう。」

まだ二階の寝室のひっそりとした眺めが頭にこびりついて離れない彼は、それを覚られぬようにに高飛車な口調で万里子に訊ねた。

「お紅茶をいれて飲んでいなさいって。ママはお菓子と一緒に帰って来ます。」

身を翻して台所にはいった娘は勢いよく水の音を響かせた。

「先生、ウイスキー入れる？」

声だけが揺れる玉簾ごしに聞えた。いりません、と明史は苦笑まじりに答えた。

洋菓子の箱を提げた麻子が戻り、いれなおした紅茶を三人で飲む間も、万里子は平素と全く変らなかった。自分の部屋を明史に見せたことはもちろん、紅茶にウイスキーを入れるかと訊ねたことなど噯気《おくび》にも出さず、しばらくすると黙って二階にあがって行った。その万里子が今どんな部屋の机の前に坐っており、窓から何が見えるかを彼は容易に想像出来た。そしてテーブルに肘をつき、疲れた表情で紅茶茶碗の縁を触っている麻子が、どこで着換えをしてどの鏡に我が身を映したかも彼は知っていた。万里子のおかげでいわば唐津家の裏側にも足を入れた明史には、眼の前の麻子が一層身近なものに感じられた。しかしそのために彼は自由を失い、自分が妙にぎごちなくなるのも意識せずにはいられなかった。

「今日は、お勉強早く終ったのね。」

物憂げに麻子が訊ねた。

「思ったより捗ったものだから。」

「それでお庭で遊んでいたの？」

明史はぎくりとして麻子の顔を見返した。

「何して遊んだの？」

「何ということもないけれど、ただ木の下を歩いていたんです。」

「そう……。お勉強だけではなくて、たまには遊んでもらえると嬉しいわ。」

疑われているのではないらしい、とわかっても、どこか投げ遣りな彼女の口振りが気にかかった。

「万里ちゃん、近くに友達はいないのかな。」

「電車通学だからねえ。それに、あの子は我が儘で気難しいし。」

「僕にはそうは思えないけど……。」

「ありがと。明史ちゃんは優しいからね。」

にこりともせずに答えると麻子は薄く眼を閉じた。瞳の失われた顔は青白く、耳の下から顎にかけて毛羽立つように肌の乾いているのが眼にとまった。

「どうかしたんですか。」

「少し寒気がする……。」

「風邪を引いたのかな。」

「気を張って、ちょっと厭な話をして来たから。」

そう言う麻子の口許が微かに震えた。

「厭な話?」

「あなたには縁のない、大人の話。」

押しのけるような麻子の語調に明史は反撥を覚えた。笹本のおばさんの病室で、女二人が声をひそめて話し合っていた光景がふと頭をかすめた。

「僕だって、子供ではありませんよ。」

「男の人と違って、女の身体はね、神経を張りつめたりした後はおかしくなることがあるのよ……。」

明史の抗議を無視して彼女は低く呟いた。まるで自分をそこにごろりと転がしたような言い方が妙に生々しかった。

「熱があるんでしょう。」

眼を閉じたままの麻子の額に、明史は挑むように手を伸ばした。ふだんはそんな印象を受けない額は、小さく愛らしかった。眼を開かずに相手はじっとしている。彼女の言う女の身体の入り組んだ感触を手に入れるには、そこはあまりに固く狭かった。熱を確かめる振りをして額と額をすりつければ何かがわかるかもしれなかったが、それまでする勇気は湧かなかった。

「熱はないわよ。」

麻子は掌の触れられた頭を僅かに振った。弱々しい動きではあっても、明史の手を払いのけようとする意志がはっきり感じられた。

「少し休んだ方がいいな。僕はもう帰りますから、万里ちゃんを呼んで頼んでおきましょうか。」

ようやく眼を開けた麻子はどろんと濁った視線をあげたが、それは明史を通りこしてどこか遠くに注がれていた。

「二階に連れてあがりましょうか。」

麻子は静かに首を横に廻した。

「大丈夫。でもここで失礼するわ。」

彼女は表情のない顔で面倒臭げに答えた。明史は今、麻子の家の中で自分があきらかに余計な存在となっていることを意識せざるを得なかった。お大事に、と聞えるか聞えないかの声を残して彼は玄関に出た。万里子は何をしているのか、二階はことりとも音がしない。扉を開けて庭に立つと暮れかけた空から落ちて来たものが頰に当った。小粒の雨が降り出したようだった。

雨はそのまま降り続け、季節は梅雨を迎えたらしかった。麻子が身体の不調を洩らした次の日、迷った末に大学から電話をかけると案外元気そうな声が受話器から流れて来た。やはり夜になって八度程熱が出たが、アスピリンを飲んでぐっすり眠ったら汗とともに熱も引いて気分も良くなった、との麻子の返事だった。本気で心配してくれて嬉しかったわ、という礼の言葉を耳にするとようやく明史はほっとした。

翌日、眼を覚して雨の音が家を包んでいるのを知ると、彼は急に大学に出かける意欲を失った。気温が下り肌寒いほどの日だった。昼近くまで本を読んで過し、近所のそば屋で昼食をとった後、彼の足は躊躇いながらも裏通りに折れて麻子の家に向った。大森に引越した時、家庭教師の日でもないのに無闇に唐津家を訪れてはならない、と彼は心に決めていた。迷惑をかけることへの気づかいというより、麻子にうるさがられて嫌われるのをなによりも恐れたからだった。そして先日の振舞いは、その一歩手前まで行っていたかもしれない……。

しかし、病気の見舞いという口実があれば話は別だろう。麻子の暮しは思ったよりずっと複雑で孤独なのかもしれぬ、との想像が黒い傘を拡げてひと気のない裏道を歩く明史の中で揺れ続けた。元気な顔を見たら玄関からすぐ引返してもいいのだ、と彼は言訳けがましく濡れた道に向けて呟いた。

樹木の重く繁った細い道に曲り、白い柵の垣根が眼にはいると俄かに胸が締めつけられた。麻子が食事中だったらどうしよう、万里子が学校を休んで家にいたらなんと思うか、病気見舞いならそれらしい品をなにか用意して来るべきではなかったか……。次々に湧いて来る気がかりを押しのけて、明史は暗い葉を拡げる木立ちの庭に足を踏み入れた。

窓の下を通った時、家の中から微かな音楽の流れるような気がした。クラシックではなく、軽快なジャズの調べらしかった。いつもひっそりとした佇いの樹下の家には似つかぬ陽気な音楽に戸惑いながら、明史は呼鈴のボタンを押した。扉の内側に麻子の返事が小さく聞えた。

「まあ、お見舞いに寄って下さったの？　学校の帰り？」

薄手の赤いセーターを着た麻子がいそいそとスリッパを揃えてくれるのを見ると、明史はひそかに胸を撫でた。

「いえ、学校はさぼったんです、こんな天気で出かけるのが面倒になったから。」

「それじゃ、わざわざ雨の中を来てくれたわけ？」

「ぶり返したりしているといけないと思って……。」

「ありがとう。あれはねえ、風邪ではなくて知恵熱だったみたいよ。一晩ですっかり治ったの。」

居間の本棚の上でラジオが小さく鳴っている。進駐軍向け放送らしく、早口の英語が流れた後また音楽に変った。

「珍しいですね、ジャズを聴いていたんですか。」

「一人のときはね、よくラジオをつけておくの。聴くというほどではないんだけど、自然に音楽が流れて来るから。特にこんな雨の日は、うちにこもってラジオと一緒に過すのが好きよ。あら、電気をつけないで暗かったわね。」

一昨日の出来事が嘘だったように麻子は快活だった。

「つけないで下さい。お客さんじゃないんだから、一人でいる時のままにしておいて。」

壁のスイッチに手を触れようとする麻子を明史は押しとどめた。雨が降っている上に、庭の木立ちの繁みが伸び拡がっているため、まだ早い午後ではあったが部屋の中は仄暗かった。

「だってお見舞いに来てくれたんだもの、私には大事なお客様よ。」

白いスカートの上に臙脂がかったぴったり身につくセーターを着た麻子が動くと、部屋の隅に澱む暗い空気が優しく揺れるようだった。細いウェストの上に張り出した胸が意外に豊かなふくらみを持つのに明史の眼はつい惹きつけられた。

「お客様じゃない——。」

彼は頑なに首を振った。

「私の先生ではないんだから、じゃ、お友達?」

彼の視線を意識したのか、胸の上に腕を組んだ麻子は居間を横切って本棚の前まで行くとそれに軽く肩を寄せた。

「他にはありませんか。」

「さあ……お友達でいけなければ、親友？」

「親友は嫌いだ。特に女の親友というのは大嫌いだ。」

「難しいのね。困ったな……。」

明史自身も困っていた。麻子に対する自分の気持ちには、どんな呼び名もふさわしくなかった。ありふれた表現は疎ましかったし、ただ憧れの対象と呼ぶのではあまりに物足りない。

「空気がいいや。この部屋に今こもっている柔らかな暗い空気。」

「頼りないんだな。空気といったら、いるのかいないのかわからなくって……。」

「そのかわり、身体をぴったり取り巻いていて、胸の奥まで自由にはいれるんだから。」

「なくなると死んでしまうのね。」

本棚の上端に片手をかけ、ぶらさがるような姿勢で凭れかかった麻子が顔だけを明史に捩じ向けた。そこまで考えていなかった彼は、言い過ぎたか、と怯んだ。

「そんなことはありません。そうではないけれど……。」

肩で本棚を押してようやく身を離した彼女は、返事のかわりにラジオの音量をあげると明史の掛けている椅子に二、三歩近づいた。

「明史ちゃん、踊れる？」

「ダンスは、僕はだめ……。」

「全然じゃないでしょ？　これはフォックストロットだから簡単。教えてあげる。」

テーブルの脇に立った麻子は、ペアを組む形にゆっくり手を開いた。何を考える暇もなく、引きずられるように明史は腰を浮かしていた。左手で麻子の手を握り、右手をこわごわ相手の脇腹に廻した。

「もっと上。ここをしっかり。」

脇腹の手を自分の背中に導いてしっかり押しつけると、メロディーに乗って彼女は軽くステップを踏み始めた。駒場の掲示板にダンス研主催のポスターを見かけたりすると、こんな時代にダンスなんかにうつつを抜かしやがって、と蔑むのが常であった明史は、ボックス程度のステップしか知らなかった。麻子と身を触れ合わんばかりにして立っていながら、ダンスについての無知が彼を臆病にし、固い身体が後へ後へと残った。

「そんなに逃げないで、しっかり組むの。」

一度手をほどいた麻子は明史を正面に立たせてぐっと引き寄せた。

「いいこと？　お臍とお臍をぴったりつけるつもりで、そう、私を怖がらないで。」

「怖がってなんか、いない。」

答える声が少し掠れた。怖がっているのは麻子に対してではなく、自分自身に向けてだった。

決断することへの恐れよりも、それを躊躇してしまいそうな恐怖の方が強かった。半歩ほど身体が前に出た。いや、前に出たのは彼の意識だった。時折腿が触れ、セーターの二つのふくらみが学生服の胸を押すのがわかった。

俺は何をしているのだろう――ぎごちなく身体を廻しながら明史は窓の外を見た。樹木に覆われた庭はうっそりと暗かったが、それでも明りをつけぬ居間よりは外光に富んでいる。雨の午後の穴ぐらのようだ、と彼は血の昇った頭で思った。

自分の膝の小さく震えていることに突然明史は気がついた。麻子の髪のいつになく強い匂いが鼻の奥を刺した。口が乾き、動悸がこみ上げて来る。スリッパの爪先がぶつかる度に身体は離れてはまた抱き寄せられる。リズムに刻まれたこんな約束は嘘だ、と頭の中の血が叫んだ。

その時、曲が終って男性のなめらかな英語がラジオから滑り出た。

「――というわけ。」

組んでいた手を解き、身体を離した麻子が足を交叉させておどけたように頭を下げた。すっと学生服の前が寒くなった。

「出来るじゃないの。今くらい踊れればすぐ上手になるわよ。明史ちゃん、リズム感があるから。」

たった今の行為をダンスの中に埋めこもうとする麻子の言葉を、明史はもう聞いていなかった。曖昧な姿勢のまま向き合って立つ二人の間に、次の緩やかな曲が割りこんで来た。薄い化粧の中に口紅だけが引かれている麻子の顔を凝視して明史は両手を拡げた。

「ブルースよ、これは。」

「違う。」

身を寄せて組もうとした腕ごと、いきなり明史は麻子を抱き締めていた。

「こんな、こんなブルースなんて……。」

笑いかけた声が耳許で苦しげに跡切れた。むせるような髪の匂いに包まれ、肌の香りに囲まれ、首をのけぞらせてまだ何か言おうとする麻子の顔に向けて明史は夢中で頬を押しつけた。触れ合った頬が少しずつ動き、明史の口は彼女の口のすぐ脇にあった。

「だめよ。風邪がうつるじゃないの。」

喘ぐ息が口唇に感じられた。

「風邪じゃない、とさっき自分で言ったもの。」

「だけど、でも……。」

「風邪でも僕はちっともかまわない。」

言葉の押し合いはお互いの口の中に消えていた。一度口唇が合わされてしまうと、そこはもう一つに溶けた熱い海だった。ブルースが消え、雨が失せ、部屋が遠ざかった。明史の腕の下から伸びた手がいつか首に捲きつき、彼の腕は麻子の背中を覆っていた。両腕にすっぽりとはいる温かな身体があった。確かめ合うように動く舌だけが生きていた。これが大人の味だ、と明史は思った。これが大人の匂いだ、と相手の息を胸に充した。思ってもいないほど激しい麻子の反応だった。

「ばか。」

やっと口唇が離れた時、麻子が低い声を床に落した。ラジオから聞えているのはテンポの早い弾むような曲だった。

「どうして?」

「明史ちゃんと、こんなことしてはいけないのに。」

麻子は両手で彼の顔を挟むと、その口唇を親指の腹でそっと拭った。

「どうして?」

「………。」

「ねえ、どうしていけない?」

「踊ろうなんて言った私が悪かったわ。」

「僕がうまく踊れなかったからいけないのかな。」

「ばかね。」

明史の顔を抱き寄せてお呪《まじな》いをするかのように麻子はもう一度口唇を軽く合わせた。次の瞬間、ぱっと身を翻した彼女はもう台所に消えていた。明史は熱くふくらんだ身体をいつもの椅子に落した。ようやく溝を飛び越えられた、という満足感が頭の中で誇らしげに鳴っていた。身体の内側いっぱいに、麻子が彼を押し上げていた。一曲目が終った時、行儀よく椅子に坐ったまま何もしない自分の姿が哀れな動物の姿で小さく見えた。俺は麻子の口唇を手に入れた、と窓を開けて雨の庭に叫びたかった。それは初めての経験であった、母親の知り合いの娘である見砂慶子の口唇とも、今は辛い記憶となった棗の口唇とも違う、大人の味のする豊かに熟れた口唇だった。

「まあ、お茶もあげていなかったわね。」

普段と全く変らぬ声が壁の向うから聞えた。明史は立上ると本棚の上のラジオを消した。今の時間を切り取って胸の奥に大切にしまっておきたかった。静かな雨の音が窓から滲み込んで来た。椅子に戻る足がまだ微かに震えていた。

11

次の家庭教師の日を明史はひたすら待侘びた。たった一日の間隔が途方もなく長く感じられた。彼の胸の内には、自分の訪れる木立ちに囲まれた家が、これまでとは違った眺めに映っていた。そこは教え甲斐のある子供のいる家でも、母と娘が二人だけでひっそりと暮す家庭でもなく、明史にとっては大人の女の棲む場所だった。しかもそれは単なる憧れの対象ではなく、首に腕を捲きつけ、口の中で舌を動かしてくれた存在だった。

だから傘をつぼめて呼鈴を押した時、明史の鼓動は激しく高まって咽喉が詰まりそうだった。乾いた口唇を湿らせる彼の前に、いらっしゃい、とにこやかに麻子が玄関のドアを開いた。勉強道具を持って二階から降りて来る万里子が階段の途中で、今日は、と高い声をあげた。それだけの、ひどく呆気ない始りだった。

居間のテーブルについて万里子が教科書を開くと、麻子は緑茶を出した後、足音を殺すようにして二階に昇って行った。娘に書き取りをさせる間、なんとなく明史は落着かずに部屋の中を見廻した。やはり雨は降っているものの今日は電灯が明るく室内を照しあげ、先日の密やかな穴ぐらの雰囲気は拭い去られている。本棚の上で沈黙しているラジオまで、どこかよそよそしかった。ふと気がつくと、壁に貼られた万里子の赤い魚の絵が消えていた。外された理由はわからなかったが、それを麻子の秘密の信号なのだ、と彼は思いたかった。

先日とは反対に、生徒ではなく教師の方が勉強に身がはいらなかった。こんなことではならぬ、と焦るほどに気が散って言葉は上滑りする。いつか教師の気分は万里子にも伝わり、テーブルに向う姿勢が崩れて来た。

国語の学習を早目に終えて算数に移る前、一息入れるつもりで明史は万里子に訊ねた。

「ママの風邪はもうすっかり治ったの?」

「うん。」

「万里ちゃんにはうつらなかった?」

「うつらない風邪なんだって。」

「へえ、そんなのがあるのか。」

「心が風邪ひいただけだって言ってたよ。」

「心の風邪が治ったわけか。」

静まり返った二階を気にしながら、明史は独り言のように言った。もう少し麻子のことを話していたかったが、娘は音をたてて算数の教科書をテーブルに置いた。

「よし、馬力をあげてやっちゃおう。」

自分を励ますように彼は声に力をこめた。

「先生、少しヤケみたい。」

ノートを開く万里子の冷やかな横顔に彼はぎくりとした。彼女が何かを知っているとは思えなかったが、麻子のことを話題に出したのを後悔した。時間が過ぎて母親が居間に姿を見せてくれることだけを楽しみに、彼は算数の応用問題を二つ、三つと作り続けた。

勉強が終った後の紅茶を出してくれる麻子は、ゆるくウェーブのかかった髪を後ろにまとめて黒いリボンできつく結んでいた。変な頭、とそれを見た万里子は笑ったが、明史には殊更に母親めかした髪形に感じられた。

「雨だと髪が湿って鬱陶しいから、縛っちゃったのよ。」

「どこかのお姉さんみたい。」

「そうかしら。」

麻子は両手で頭を撫でつけるようにして穏やかな眼を明史に向けた。

「いや、昔のお母さんみたいに見えますよ。」

確かに彼が子供の頃、母親はそんなふうに髪を結っていた。

「おばあさんじゃなくて?」

「おばあさんは二百三高地とかいう、凄く盛り上った髪の写真があったけど。」

「そうそう、アップにした庇髪のね。」

「二百三高地ってなあに?」

万里子に対して日露戦争の激戦地から説き起す説明をしながら、俺はどうしてこんな話をしなければならぬのか、と明史は腹立たしかった。髪があがったために剝き出しにされた麻子の小さな耳に妙に眼を奪われたまま、早く万里子が二階に立去り、いつものように麻子と二人だけにしてもらいたいと願った。

しかしガラスの器で出された枇杷を食べ終り、二杯目の紅茶を飲んでしまっても、なぜか万里子は自分の部屋に上って行こうとはしなかった。万里子自身の意思でそうしているのか、母親に言われて居間に留っているのか、判断のつかぬ疑いに彼は苦しめられた。

更に夏休みの話題に移り、母と娘は大磯の知人の家に出かける予定があり、春休みに帰らなかった明史は長い休暇なので長野に戻らなければならぬ、などと語り合ううちに窓の外は雨の暗さに夕暮れが重なっていた。

玄関に送りに出るのも母と娘は一緒だった。別れを告げる明史は麻子の眼を見詰めたが、そこにはなんの動きも認められなかった。ドアを閉めると同時に、階段を駆け上って行く万里子の軽やかな足音が聞えた。忘れ物をした振りでもしてすぐドアを開ければ麻子はそこに一人でいる筈だった。たった一言でもいいからこの前に繋がる言葉を聞きたい、という誘惑に辛うじて明史は耐えた。傘を開き、水の溜った庭土を踏んで門を出る前、木立ちに包まれた家を振り返らずにはいられなかった。早い夕闇に沈んだ二階建の家は静かな明りを灯していたが、どの窓にも人影はなかった。

続く家庭教師の日毎に、同じことが繰り返された。麻子の髪は以前のようにふわりと首にかかったり、またきつく結ばれたりと日によって変ったが、明史に対する態度は常に穏やかで、しかも一定の隔りを守り続けようとする素振りが窺われた。居間で万里子と二人だけになる時間はたっぷりあるのに、麻子と個人的な言葉を交す機会は与えられなかった。月謝をもらって雇われている家庭教師とはまさにこういう存在なのだ、と彼は自嘲した。あの雨の午後、自分は大切なものを手に入れたつもりで有頂天だったが、もしかしたら逆にそれを失ったのかもしれない、と考えるとひどく心細かった。それでも、麻子と口唇を合わせることなく言葉だけの親密な関係が続くのと、あの午後のような出来事があった末に彼女と隔てられてしまうのと、お前はどちらを選ぶかと問われれば、明史は躊躇《ためら》わずに雨の午後を取りたかった。

七月にはいり、まだ梅雨は明けなかったが夏休みが近づいていた。万里子の学校の日程と長野への自分の帰省の日取りを検討し、休みにはいる前の家庭教師の最終日を決める必要があった。そしてその日が来るまでに、なんとでもしてあの午後の麻子との触れ合いが一度だけの偶発事ではなく、幾度も重ねられては先へと伸びて行く熱い繋がりであることを明史は確かめておきたかった。

どうした、お前瘦せたみたいだな、と経済学部の自治会室から通路に出て来た木賊に声をかけられたのは、万里子の家庭教師が後二回に迫った週の初めだった。

「瘦せたのとは違う。正確にいえば窶《やつ》れたんだな。」

明史を見据えて念を押すように木賊はつけ加えた。正面切ってそう言われると心配になり、明史は掌で顔を撫でてみた。頬骨が出て肉が少し落ちたような気がする。

「痩せたかね。」

「うちで飼っている犬がさ、盛りがつくとちょうどそういう顔になるんだよ。二日も三日も帰らないで、戻って来るとガツガツ飯を食ってまたすぐどこかへ行ってしまう。」

「俺は毎日下宿に帰っているぜ。」

「あそこまで露骨だと、かえって爽やかな感じだけどね。」

明史の返事には取り合わずに犬の話を続けながら、木賊は建物の出口に向った。

「忙しいのか。」

「コーヒー飲もうか。眠くてだめなんだ。」

高校時代からの仲間ですぐ気持ちの通じ合う二人は、銀杏並木の下を抜けて正門を出ると表通りの喫茶店にはいった。

「髭ぐらい剃って来いよな。それで余計に窶れて見えるんだよ。」

酸味の強いコーヒーの香りの向うから、からかう口調で木賊が言った。週に二回、唐津家に出かける日にしか剃らない髭が鼻の下から顎にかけて伸びているのを明史は撫であげた。

「本当に窶れてみえるか。」

「なにかあったのかい。」

麻子にもらったキャメルの包みを調べる手つきで眺めた木賊は、一本抜きとると火をつけて美味そうに煙を吸いこんだ。

「犬と同じさ。」

「盛りか?」

「いや、恋煩い。」

冗談めかして答えはしたが、麻子とのことを木賊に話してしまいたい思いがふと動いた。相談して意見を求めるとか、同情が欲しいとかいうのではなく、胸にしまってあるものを吐き出してしまえば少しは気分が楽になりそうだった。

「いつもそう言ってるじゃないか。」

煙草の煙に眼を顰めた木賊が笑いの滲んだ温かな声を返してよこした。それがかえって明史の気持ちを怯ませた。こんな木賊にもたれかかって麻子との現状を話し始めれば、自分が何を口走ってしまうかわからない。麻子を悪女のように言い募るかもしれないし、我が身を悲劇の主人公に仕立て上げぬとも限らない。そして結局は、胸の内に秘めて来たものを他人に洩らした後悔に嘖《さいな》まれるのが落ちだろう。

「しかし、常に切実な問題ではあるからさ。」

一般論の枠を踏み越えぬように明史は曖昧に応じた。

「この頃、ちっとも集りに出て来ないってみんなが言ってるぞ。」

木賊が急に話題を変えた。

「みんなって、誰が。」

「本郷の文研をどうするかという相談に出て来ないので困るって中国文学の牛尾がぼやいていたし、自分でいれてくれと言ったレーニンの読書会にも顔を出さないし、決起集会もさぼるし、それに、ゼミも欠席したろう。」

非難の口調ではなく、むしろ心配するような口振りが明史の耳に痛かった。

「あの読書会はもう始っているのか。」

「今度が四回目だよ。」

社会科学研究所の助手をチューターに招いた読書会がどんなふうに進められ、経済学部の自治会が夏休みを前にいかなる問題にぶつかり、東ベルリンで発生した暴動がどのような性格をもち、ゼミの川守助教授が欠席の多い学生について何を語ったか、などを木賊は脈絡もなくぽつりぽつりと語った。学生活動家風のまくしたてる早口ではなく、どこかとぼけた味をもつ彼の話に耳を傾けていると、自分が暗い水の底に一人で潜っていたかのような驚きを覚えた。毎日ではないにしても大学には顔を出しているのに、その間何を見たり聞いたりしていたのか、と我ながら不思議なくらい学内の動向から離れてしまっていた。

「活動とか、組織とか、学問とかいってもさ、結局はどこかに切実さがなければ成り立たないんだよな。」

キャメルの煙を細く吹きあげて言う木賊の顔を明史はあらためて見返した。駒場の頃は文研の仲間に引きずられて夢中で駆けずり廻り、本郷に移って下宿生活が始ると同時に個人的な生活に閉じこもりがちになった明史とは違い、終始自らのペースでもっそりと歩み続けて来た木賊が、少し会わぬ間に急に大人びた雰囲気と自信を身につけていることに明史は圧倒された。とりわけ、同じゼミナリステンとなった川守助教授の演習の話になると、早くも理解不能な専門用語が木賊の口から次々に飛び出して彼を焦らせた。

「切実さねえ……。」

相手の言葉を躱すつもりで明史は敢えて軽薄に応じようとした。

「そう、ほとんど肉体的な切実さがね。」

「ゾルレンだけではだめというわけか。」

「だめだね。むしろザインから出発しなくては。」

「ザインか……。」

「俺、思うんだけどさ、あんたのゾルレンは世界観や思想とは無関係に、ひたすらおやじさんへの反撥に基いているんじゃないの？」

言いにくいことを口にする時、相手を「あんた」と呼んでとぼけた味を濃くするのは木賊の癖だった。おやじへの反撥はそれこそ肉体的な切実さを孕んでいるのではないか、という反論は明史の言葉にならなかった。木賊の指摘が、父親に対する反撥の切実さに関するものではなく、むしろその手段にされた世界観や思想の根拠の薄弱さを衝こうとしているのは明らかだった。

少しの間、明史は黙ってコーヒーを啜った。他の人間に言われたら熱《いき》り立って逆襲に出ずにはいられぬ内容だったにもかかわらず、木賊に対してはなぜか怒れなかった。決して彼の指摘を受け入れたわけではなかった。底の方では、俺の気持ちをわかってはいないのだな、と思いつつ、けろりとしてこんなことを言い出すのが友達なのかもしれぬ、といった妙に他人ごめいた感想が生れていた。

「木賊のザインは何なのさ。」

「ま、近頃経済学が少しずつ面白くなって来た、ってとこかな。」

煙草を揉み消すと、相手は突然照れたように笑った。

「とにかく、切実なものだけが切実なんだよな。」

明史は冷めたコーヒーの残りを一息に呷った。

「同義反復には、常に多少の真実が含まれているからな。」

木賊は笑いの残る顔で深々と頷いてみせた。その切実さを煮詰めた核にある一人の女性の姿を明史は身体の奥に抱えていた。それは世界観とも思想とも無縁な、どこか寂しげで仄温かく、大人の匂いを放ち、ただ一度だけ濡れた口の中で舌を動かしてくれた掛け替えのない存在だった。

「犬でいいよ、俺は。」

結論を下すように言って明史は椅子を立った。

「何の走狗だい？」

木賊が小さな赤い財布を出した。

俺の走狗、ザインの走狗、欲望の走狗……言葉はいくらでも湧いたが、麻子は遠く立ったまま無言で首を横に振っていた。

長野の母親から、夏休みはいつ帰るか、と急き立てる二通目の葉書が届いた。東京を離れる前に笹本のおばさんを見舞いに行くように、とも書かれている。由美ちゃんもあなたの帰って来るのを楽しみにしている様子です、と最後にさりげなくつけ加えられているのを読んで明史は苦笑した。由美子のことを書けば彼が早く戻るとでも思っているらしい母親の心情が、滑稽であると同時に気の毒にも感じられた。由美子に対する好意と関心は変らぬつもりだったが、それにしても彼女はあまりに幼かった。今年の正月に和服を着て現れた彼女のアンバランスな新鮮さが、いまではかえって少女らしさを強調した絵となって明史の内に蘇った。

帰省の日を母親に連絡してしまうと、しかし彼にはもうゆとりは残されていなかった。このままいけば、夏休み前最後の家庭教師に訪れても、これまでと同じ事態が繰り返されるのは明らかだった。かといって、東京を離れる直前に挨拶を口実に訪問する時には、万里子は既に休暇にはいって家に居るだろう。としたら、最終回の勉強日の前に機会を狙うしかない。

初夏の日差しが下宿の屋根を焼き、むっとした暑気が早くも部屋に澱み始めた十一時頃、室内を整理して長野に持ち帰る本を小さな書棚から取り出していた明史は、突然思い立って髭を剃った。今日にするか、明日の方がいいか、と惑うのが急に面倒になっていた。

汗臭いランニングを着替え、新しい開襟シャツを身につけた明史は足早やに裏道を辿った。少し歩くとすぐ汗が出た。短縮授業にはいっているのか、小学校の下級生らしい子供の下校姿が眼にはいると彼はほとんど小走りに足を進めた。

樹木の多い道にはまだ僅かながら朝の涼しさが残っている。唐津家の柵が見えかけた頃、道の向うから折れて来る白い日傘に気がついた。袖なしのワンピースを着た女性が俯きがちに近づいて来る。もしや、という期待がたちまち麻子の容姿となって現れた。

「あら、うちにいらしたの？」

門の前に黙って立っていた明史に、彼女は日傘を仰向けて眩しげな眼をあげた。

「つまらなくなっちゃったものだから……。」

「おやおや。学校は？」

日傘をつぼめて門の掛け金を外す彼女の後について、明史はひやりとした空気の溜る木陰の庭に足を入れた。

「もう講義はないんです。」

答えながら、歓迎されているかどうかは別として、少なくとも訪問を受け入れてもらえたことに彼は安堵した。

「危いところよ。もう少し私が遅かったら留守にぶつかったじゃないの。」

「そうしたら、また来ます。」

鍵をあけて玄関にはいった麻子は、スリッパを揃えると手早く居間の窓を開いて扇風機をかけた。

「暑かったでしょう。冷たいジュースはいかが。」

玉簾がカチカチと小さくぶつかり合う陰から声が洩れた。まぎれもなく、家の中に今は麻子と二人だけだった。

「水がいいや、冷たい水。口の中がからからで。」

細くなった咽喉に言葉がひっかかり、答えは不自然に掠れた。窓が開き過ぎていた。姿の見えない台所が唯一安全な場所だった。

「もらいに行きます。」

麻子の出て来る前に、と彼は夢中で玉簾を分けた。水のコップを手に流しを離れた麻子と正面から向き合った。彼女は黙ってコップを差し出した。礼を言ったつもりだったが声は出なかった。

「ごめんなさい。この前は私、少しおかしかったのよ。」

後ろに廻した両手を流しの縁について凭れかかった麻子が静かな声で言った。細い縦縞のはいった白地のワンピースから胸と下腹が優しくふくらんでいる。

「何がおかしかったの？」

震える手で明史はコップを流しの横に置いた。

「知恵熱だって言ったでしょう。あれ、嘘じゃなかった。ちょっと面倒なことの後だったから——。」

「どんな？」

「明史ちゃんには関係がない。」

「子供だから?」

「違う。必要がないから。」

伏せたままの顔をイヤイヤでもするかのように彼女は小さく横に振り続けた。この前と同じやり取りでありながら、応える声がどこか違っていた。

「それなら今日は?」

「え?」

ゆっくりと顔があがってから声が出た。

「まだおかしい?」

訊ねるのと同時に明史は遮二無二自分の顔を相手に押しつけていた。

「おかしくはないから、だめよ。」

抱き竦められたままのけぞろうとする息が明史の耳を叩いた。

「僕の方が、もうおかしいんだ。」

「笹本のお姉さんや、長野の御両親に、わかったら、私が叱られる——。」

「だって、好きなんだから……。」

その先の言葉は麻子の口の中に押し込んだ。身の奥に焼きついていた忘れられぬ匂いがたちまち明史を包みこんだ。何か言おうとした麻子の舌が言葉を捨てて動き出した。すっぽりと腕に収る身体が不思議なしなやかさで纏いつき、麻子の両手が背中を抱き寄せるのを明史は感じた。

一杯の水でも貪るように相手を吸った口唇が離れた時、いけないわ、こんなこと、とまた麻子は呟いた。

二度目に溶け合った口唇の中になおも彼女を探りながら、明史の手は自然にワンピースのボタンにかかっていた。熱いものに闇雲に追い立てられたまま、密着した身体の間でボタンを外すのは難しかった。服を脱がせようとするのではなく、眼にしたことのない麻子の柔らかな胸に顔を埋め、肌の匂いを存分に嗅ぎたかった。

なにか固い動作が伝わって彼女は急に明史から口を離した。

「痛いわ、そんなに押したら。」

一瞬の間隙が生れて言葉が挟まれた。

「え？」

「ここに流しがあるんだもの。」

困惑した笑いを浮かべて彼女がそう言った時、密封された時間がつと破れるのを彼は感じた。

気がつくと、明史を押し戻した麻子は外されかけた胸のボタンをはめなおし、乱れた髪に手を当てていた。

「……でも。」

「わかるわよ、明史ちゃんは男なんだから、辛いのは。」

再び抱き寄せようとする彼の両手を麻子は意外に強い力で上から摑んだ。左手をぐいと引いて腕時計を覗きこむと、そのまま明史の向きをかえさせて、居間へと背を押した。

「わかるけど、我慢しなくちゃだめ。」

麻子の手が後ろから腰のあたりを二、三度優しく叩いた。まるで自分の中に棲む一匹の生き物に直接呼びかけられたかのように明史は戸惑った。

「明史ちゃんはね、私みたいなオバアサンを相手にしていたらだめよ。」

「好きになったら仕方がない……。」

窓の開いているのも忘れて歩み寄ろうとする彼に麻子はくるりと背を向けた。

「もう万里子が帰って来る。」

冷やかな低い声だった。出かけて来た目的は達した筈なのに、彼はがっくりと椅子に腰を落した。

「さ、お水飲もうか。」

がらりと変った明るい口調でおかしそうに麻子が言った。

「長野に帰りたくないな……。」

腰のあたりから中途半端に溶けかけている熱い身体を持て余して彼は拗ねたように呟いた。

「御両親がお待ちかねよ。帰ってごらんなさい、また何かいいことあるから。」

水を取りに麻子の消えた台所の玉簾が揺れていた。明史にはただ黙ってそれを見詰めていることしか出来なかった。

12

長野の夏空は晴れて高かった。日差しは東京より強い感じだったが、陰にはいると空気は乾いてさらりと涼しく、広々として風通しのよい家の中は下宿とは比べものにならぬ過しやすさだった。

どこを歩いても山が見えた。裏庭に出ればすぐ眼の上に展望台のある斜面が拡がり、更にその背後には白っぽい土の露出する崖山が眺められた。市街に買物に出れば遥かに連山が望まれ、帰り道にはまた戸隠にかかる山影が視野にはいった。それらの山々が東京との隔りを否応なしに明史の胸に刻みこんだ。遠いな、と思う。知らぬ間に山襞のあいだから麻子の顔が浮かんでいた。

家に帰って数日後、夕刊で朝鮮戦争の休戦協定成立と全戦線の停戦を知らされた。動乱の勃発は高校三年の夏だったのだから、戦火は三年間続いたことになる。ようやく終ってくれたか、という安堵とともに、その歳月を通して自分の中を流れた時間に眼が向いた。戦乱の突発をラジオのニュースで聴いた六月の昼の暗い印象は、今も記憶にはっきり刻みこまれている。また戦争か、という不安に身の奥を揺すぶられた。国民学校の集団疎開、中学進学のための帰京、連夜の空襲、真夏の敗戦、食糧難……とつい先年まで続いて来た体験がそのままた繰り返されるのではないか、と怯えた。高校三年に進級する春、心を傾けた一人の少女から激しい痛手を受けて力を失っていた明史の耳に、隣国で始った戦争のニュースは一層暗く響いた。それから、少女に去られた失意のうちのほとんど自虐的な受験勉強、幸運に恵まれた大学合格、父親の長野転任、両親と別れた笹本家での学生生活、万里子の家庭教師を引き受け、そして……。

縁側に出て新聞を開いたまま思いに沈んでいた明史の傍で、なにか白いものがすっと動いた。足音を忍ばせて近づいた由美子が沓脱ぎの脇に立っている。

「何してるの。」

どこか沈んだ顔で肩を振りながら彼女が訊ねた。

「夕刊だよ。朝鮮の戦争がようやく終ったって。」

「ふうん。」

「休戦協定が調印されたんだよ。」

そう、とだけ答えた由美子は赤い鼻緒の下駄で沓脱ぎを蹴った。

「ねえ、お散歩行かない？」

明史の手から取りあげた新聞を畳んで縁側に置いた由美子が外に誘った。広い夕空が頭の上に拡がっている。東京とは違うその遥々とした空気の大きさに惹かれて明史も沓脱ぎの下駄をつっかけた。

竹藪の下を通り、狭い畑の間の小道を登り、車の走る舗装道路に出てしばらく坂を辿ると、裏山の切り立った高みに展望台がせり出している。コンクリートの手摺のついた東屋ふうの簡素な展望台で、いつ来ても人に出会ったためしはない。なんのために作られたのか不思議なほどだったが、一望のもとに全市街を俯瞰する眺望にはそれなりの魅力があった。

「お兄さん、ここ好きだねえ。」

道々、学校の噂話などを気の無さそうに語って来た由美子は、展望台の手摺に凭れ、感嘆する口調で明史に言った。

「だって、いかにも長野市が眼の前にある、っていう気がするだろう。」

淡い夕空のもと、数知れぬ人家が犇めき合って眼下に拡がっていた。その一つ一つの屋根の下でそれぞれに違った人間の暮しが営まれている、などとは信じ難い広大な光景だった。

「つまんないよ、長野なんて。」

「ここで生れて、ここで育ったのに？」

「だからかな……。」

「東京がいいかい？」

「東京は嫌い。大嫌い。」

なにげなく口に出したつもりだったのに、由美子の強い反撥にぶつかって意外だった。

「俺は東京が好きだけどな。」

「それは、お兄さんが幸せだからよ。」

「幸せだと、自分の街が好きになれるのか。」

「そうでしょ、きっと。」

「どうして俺は幸せなんだ？」

「わかるもの。」

いつか由美子の顔は、自分で嫌いだと言った長野の街に向けられていた。ぽつぽつと家並みの間に早い明りが灯され始めている。俺は幸せなのか、不幸なのか、と由美子の視線を追って夕暮れの街を見おろしながら明史は自問した。明りの下に唐津家の居間が密やかに浮かびあって来るのを見ると、彼は慌てて視線を由美子に戻した。

「それより、夏休みの宿題は大変なのかい。」

「大変じゃないい。」

「秋が過ぎたら、もう就職の準備だから。」

「遊べるように？」

「就職？」

考えてみれば、高校の先には当然就職もある筈なのに、そのことに思い及ばなかった迂闊さが悔やまれた。それにしても、紺のスカートから伸びた白い足に赤い鼻緒の下駄を無造作に突っ掛けた由美子から、早くも学校生活を奪い取ってしまうのは傷々《いたいた》しく、酷いことに思われてならなかった。検察庁で庶務関係の仕事に携わっている由美子の父が近く停年を迎えて退職するとの話は母から聞かされていたが、そうなれば彼女の肩にもすぐに家計の重みがかかって来るのかもしれない。

「もう就職なのか……。」

「就職して、結婚して、子供を育てて……。」

本でも読みあげるように彼女は暮れていく長野の街に向けて声を放った。

「どんな所で働くつもり？」

「でも、お兄さんに会えて、私、幸せだったな。」

「なんだか、心細いこと言うなよ。」

急に由美子が大人びた背筋を立てて歩み去って行くような気がした。

「帰ろか。」

そう言って突然振り返った彼女の眼に涙の盛りあがっているのが見えた。不意をつかれて狼狽えた明史が言葉を捜すうちに、相手は固い下駄の音を響かせて道に走り出ていた。おい、待てよ、という彼の声を置き去りにして白いブラウスは下り坂を一気に駆け降りて行く。竹藪に通ずる小道への曲り口でようやく追いついた時、明史は大きく息を切らしていた。

「遅いんだねえ。」

展望台より一足先に訪れた暮色に白い顔を浮かべた由美子は屈託なく笑ってみせた。道が竹藪の下を抜ける間、明史はそっと由美子の肩に手を掛けた。これが就職して結婚して子供を育てて行く少女の肩なのだ、と思うとなにか切なかった。幼い彼女が自分を追い越して大股に世間に踏み込んでいく後姿が見えた。二人は子供のように肩を組んだまま小道を下った。由美子は彼の知らないメロディーを小さく口ずさんでいる。先に外灯が見えると自然に肩は離れた。

「まだずっといるんでしょう？」

門の前で念を押した由美子は、裏手にある自分の家へとひっそり歩み去って行った。

両親の許で過す休暇の日々は気怠く、持ち帰った本も碌に読み進まぬうちに時間だけが流れた。今年の夏休みは、何をしても身がはいらない。息子がうちで静かにしているために機嫌のいいらしい父親を眺めていると、つい明史の方も調子を合わせて言葉を交し、家の中は穏やかだった。道に面した窓の金網はまだ張られたままだったが、結局取越苦労に終った模様で、火焔瓶の投げられるような衝突は東京からも姿を消していた。

笹本のおばさんの病気は快方に向い、もう自宅療養が出来そうなので近く退院するだろう、という明史の話を聞き、母親は地元の品々を詰めた小包をせっせと作った。

大磯の万里子から絵葉書が届いた。トシちゃんと毎日海で泳いでいます、という鉛筆書きの短い文面だった。ママも元気です、と添えられた最後の一行から特別の内容を読み取ろうと明史はあれこれ詮索したが、言葉どおりの意味しか伝わっては来ない。絵葉書には「大磯で」としか記されていないので彼は返事の出しようがなかった。時折庭から顔を出す由美子が沈みがちな表情で小さな波を立てていくことを除けば、平穏で退屈な夏休みが過ぎて行った。秋にはしばらく活動のとまっていた〈夜光虫〉の集りを開きたいという連絡も受けていたけれど、同人誌に小説を書こうとする意欲も起らなかった。

父親が役所から山登りの話を持ち帰ったために、家の中の空気が僅かに動いた。検察庁職員の慰安旅行を兼ねた二泊三日の燕岳登山が計画されているのは少し前に聞かされたが、俺には関係のない催しだ、と明史は頭から決めていた。ところが、御家族もいかがですかと職員も誘ってくれるので一緒に出かけてみないか、との父の言葉に珍しく母が腰をあげた。飛驒山脈の中央部に位置する標高二七六三メートルの山岳だと聞いて初めは諦めていた母親が、北アルプスの内では例外的に登り易い山であり、役所からは登山などしたこともない中年の女性職員も出かけるのだ、と仕事の書類を届けに来た事務局長に重ねて勧められると、ふと気持ちが動いたらしかった。いつまで長野に居るかわからないのだし、この機会を逃したらもう一生山など登れないだろう、との思いもある様子だった。当然明史も行くと信じこんでいるのが窺えた。

前の晩は中房温泉に泊って明け方から登るらしいよ、と楽しげに語りかける母親に、俺は行かないよ、と告げるのには少しばかり勇気が必要だった。まあ、と言ったまま、父と二人分の肌着など揃えている母の手がとまった。

「なぜ行かないの。」

「気が進まないから。」

母を見ていると、ふと山へと傾きかねない気持ちを抑えての返事だった。

「どうして。忙しいわけではないでしょう?」

「忙しくはないけれど、あれは役所の旅行だろう?」

「そんなこと言わないで、折角誘ってくれたんだから行きましょうよ。ねえ、行ってよ。」

久しく見かけたことのない懇願する表情が母の顔にあった。東京で危いことはしないでくれ、と頼む折とは違う、光を折られたような弱々しさがあった。

「お父さんだって、言わないけどあんたと一緒に行くのを楽しみにしているんだから。」

「……俺は留守番しているよ。」

行けば親孝行という次第になるのだろうな、と出かかる苦笑を堪えて明史は答えた。その言葉にある肌の密着する感じが厭だった。むらむらと逆らう気持ちが湧き起った。

「どうしても?」

「検察庁の旅行なんて、厭だよ。」

口には出さぬつもりだった言葉がこぼれた瞬間、頭に血が昇った。そう、と低く呟いたまま母が黙りこんでしまうと、明史の血は行き場を失って頭の中を駆け廻った。行きたかったら行くのが本当ではなかったか。検察庁の官舎に寝起きして父の俸給で暮しているのと、役所の慰安旅行に加わるのと、そこにどれだけの違いがあるか。ゾルレン、ゾルレンと本郷の喫茶店での木賊の声が聞えた。あんたのゾルレンは世界観や思想とは関係なく、本当はおやじさんへの反撥に基いているだけではないのか……と声は続いて行く。もしもおやじの職業が検事ではなかったら、民間会社の慰安旅行なら母親の誘いを喜んで受け入れたろうか。その場合、資本家と労働者の関係はどうなるのか。いやそもそも、検事ではない父親などというものが存在するだろうか。物心ついて以来二十年近く、いつでも父は検事の筈だった。子供の頃から、父とどんな約束があっても、仕事が突発するとたちまちそれは破られた。「お仕事」は子供の眼には見えない強大無比な力だった。お父さんは「お仕事」が忙しいほど機嫌がよく、元気も出る人なのよ、と半ば諦め半ば誇らしげに呟く母親の声を耳にして明史は育って来た。そして彼女の気持ちの幾分かは息子に受け継がれ、今もなお尾を引いていないとは断定出来ない。父親への反撥の底に、どこか一点、甘く繋がろうとするものがありはしないか。問題はその「お仕事」自体であるにもかかわらず……。

「悪いけど、やはり留守番しているよ。」

頭の中にまだ泡立つ血を残したまま、明史は乾いた声で言った。

予想した通り、その日の夕食は重苦しかった。お前は山へ行かないのか、と一度だけ父が訊ねた。息子の返事を聞くと、おふくろさんも楽しみにしていたのに、と未練がましくつけ加えた。この夫婦はお互いに相手を引き合いに出す、と明史は苦々しく思いながら俯いていた。

慰安旅行の朝はよく晴れて、日中はかなりの暑さが予想された。戸締りをしっかりしておけよ、と父が念を押し、カレーの残りに火を入れるのを忘れぬように、と言い残した母が小走りに後を追った。二人が出かけてしまうと急に広い家の中がしんとして、明史は久々に新鮮な気分を味わえた。やはり親と一緒に暮すのが不健康なのかもしれぬ、と考える一方、これから始まる三日間の気儘で伸びやかな時間を思うと胸が弾んだ。窓にがっしりした金網の張られている小部屋にはいり、本を積んだ座机の前に久し振りに腰を落着けた。いつもより早起きしたために、涼しく澄んだ空気が肌に爽やかだった。小説を書きたい、という気持ちが夢のように動いたが、それを抑えて経済学の書物を開いた。ノートを取りながら読み進むうちに、今ならまだ勉強の遅れを挽回出来そうな意欲が少しずつ湧いて来た。麻子から遠く隔てられていることを感謝さえしたかった。

午前中いっぱいを机の前に坐り続けるとさすがに疲れを覚えた。母親の用意しておいてくれた昼食を済ませ、腹がふくらむと食卓の横に寝転がってついうとうとした。庭の樹々で鳴く蟬の声が次第に遠ざかり、いつか眠りに引きこまれていた。

眼が覚めたのは三時近くだった。昼寝にしてはよく寝たものだ、と呆れて庭に向けた眼に、すらりと伸びた立葵の白い花が映った。その向うの由美子の家は強い日差しの下にひっそりと蹲って人の気配もない。今日は折角勉強を始めたのだから彼女に気分を掻き廻されたくなかった。

台所で寝起きの冷たい水を飲んだ明史は、玄関の下駄を突っ掛けて郵便受けを見に行った。前庭の方が高い樹木の多いせいか、蟬の鳴声が一段と激しく降って来る。通用口の脇に取りつけられた大型の郵便受けに二通の手紙がはいっている。一通は父親あての印刷物だった。そしてやや小柄なもう一通の封筒の上には、明史の名前が書かれていた。「長野市検察庁官舎内倉沢明史様」とだけ認められた右上りの男のような字に見覚えがあった。慌てて裏を返し、「染野棗」という差出人の名が眼に飛び込んだ時、蟬の声が消えた——。

思ってもみなかった手紙が掌の上にあった。しかもそれは、棗自身の手のようにふっくらと重く掌にあった。明史は玄関に駆け戻ると下駄を脱ぎ散らして脇の小部屋に飛び込んだ。何年振りの手紙だったろう。忘れようとして苦しみ続けた時間を振り返れば、一年半、ほとんど二年近くの歳月が過ぎている。最後はお互いに簡単な葉書しか交さず、それが風に吹かれるようにして跡切れたのだから……。

明史が手にしているのは、来る筈のない、絶対に来る必要のない手紙だった。それを前にして、狼狽えんばかりに胸を高鳴らす自分が不思議だった。いや、少しも不思議ではなかった。棗がどれほど重い存在であるかを我が身に対してひた隠しにして来た自分がいるのを、彼は密かに知っていた。

震える指先で明史は封筒の頭を丁寧に切り取って行った。細い銀色の罫の引かれた便箋に、濃いインクの字がびっしり詰っていた。

ごめんなさい。

今頃こんな手紙を書いても、明史さんには読んでもらえないかもしれない。封筒のまま破られたら、棗も一緒にそこで破れてしまうだけです。

でも、もしこれを読んで下さっているなら、お願いだから最後まで読んで下さい。摑んでいたあなたの手が少しずつ離れて行くみたいにして遠くなってから、もう随分経ちました。そのあいだに幾度お手紙書こうとしたかわかりません。そんなことをしてはいけない、と夢中で我慢して来ました。けれどもう限界です。夏にはいってから神経衰弱気味になり、我慢する力が衰えたのかもしれません……。

それならそれでいい、という気持ちになりました。私のことを本当にわかって下さるのは、明史さん、あなたしかいないのですから、その人に断られるのならそれでいい、と思ったのです。

今年の春、大学受験に失敗しました。勉強しなかったので当然です。今は浪人中です。水道橋の研数学館に通っているのですが、厭になるとすぐ休むので来年もあまり期待出来そうにありません。

会えなくなってから、本当はお会いしている終りの頃から、いろんなことがありました。とても一度には書けません。あなたが苦しんでいらっしゃったのはよく知っています。苦しめたのは棗なのですから。

私も苦しかったのです。ずっと苦しかったのです。きっと棗が幼な過ぎたのでしょう。何があっても、あなたにだけはいつも傍にいてもらえる、と勝手に考えていました。そして、大人の世界がほとんどわかっていなかった……。

父と母は、棗があまりにあなたのことを好きになってしまうのを心配していたのかもしれません。心配の当っていたことは、私とあなたが誰よりも一番深く知っています――。

明史は叫び出しそうだった。何を言っているのだ、と棗を摑んで首が千切れるほど揺すぶってやりたかった。彼女の言葉に怒りを覚えたからではなく、あまりに近く彼女が立っているからだった。府中街道に沿った二人だけの秘密の丘の林の中で、抱き締めては口唇を合わせ続けたあの時間が今や熱い濃霧となって明史を押し包み、身動きもかなわぬ状態に追い込んでいた。あまり身体が丈夫ではないのに浪人中だという棗が、前よりはどこか大人びた影を帯びて汗ばむようにしっとり身近にあった。

――お会いしなくなってからのあなたが、どうなさっているのかわかりません。五月頃、一度笹本さんのおうちに電話をしたのですが、留守番だという女の方が出て、あなたが大森の方へ引越したことは教えてくれたけど、住所は知らないとのことでした。あなたが消えてしまったようでとても寂しかった……。

今度は我慢し切れずに木賊さんにお電話して、あなたが長野に帰っていることを確めました。長野市の検察庁官舎と書けば手紙は着くだろう、と教えてくれたのでそのまま書いて出します。無事に届けばいいのですが――。

もう棗には会いたくない、と言われても仕方がありません。でも、もしそうでないなら、お会いしたくてたまりません。いつも我が儘なことばかり言って来た棗ですが、もう一度だけ言わせて欲しいの。

便箋は最後の一枚に移った。「明史さま」と書かれた宛名の前に、それまでより少し小さな字の並ぶ二、三行があった。眼がそこに釘づけになったまま、明史の息は止った。棗の文字の他は何も見えなかった。

それから私、小堀との話は断ることに決めました。親には黙って手紙を出しました。まだ返事が来ないのですが、棗の気持ちは変りません。

さりげなくつけ加えられたその一塊の言葉に、手紙のすべての重みがかかっていた。「小堀との話は断ることに決めました」という一行が黄金の色で頭に鳴り響いた。そこまでの懐しさと苦しみに充ちた便りが、突然天空に向けて駆け上ったかのようだった。最後までその知らせをとっておいてそっとつけ加えた棗の心情が痛いほど明史の胸に伝わった。

彼が棗と識り合う以前から彼女の家に親しく出入りし、泊って行くことも多かった一橋大学の大学院に通う小堀は、棗から明史を遠ざける直接の原因となった存在だった。明史にとって、「小堀」という名は彼女から放たれた別れの合図だった。親の意見は別として、棗自身が本当に小堀を好きなのか、明史を切り捨ててまで失いたくないと思った相手なのか、彼女の気持ちは遂に摑めぬままだった。その後も、小堀の名前を明史が口に出す度に、いつも彼女は澄んだ哀しげな表情を浮かべてなにも言わずに自分の中に閉じこもった。ただ一つはっきりしていたのは、赤松の下で幾度も抱き合い、口唇を優しく寄せてくれたあの二人の「丘」に、彼女がもう決して行こうとはしないことだけだった。

その小堀との話を、親にも内緒で断ることに決めた、と棗は書いていた。決心に辿り着くまでに何があり、どんなふうにして思いを決めたのかは不明だが、最早そんなことは問題ではなかった。棗が還って来る、と考えただけで身体の底が熱くなった。死んだとばかり諦めていた生命が、突然蘇って来たような歓びだった。一瞬、自分がどこにいるかも忘れ、すぐに会いに行こうとさえ思った。

今いるのが長野の官舎の玄関に接した小部屋であり、父親と母親は燕岳に出かけているのだ、と気づくと笑いがこみ上げて来た。手紙を受け取ったのが誰もいない時であるのが嬉しかった。みろ、山なんか行かなくてよかったじゃないか、と静まり返った家の中に向けて彼は大声で叫んでいた。

一刻も早く返事を書こう、と明史は机の前に坐った。昼まで使っていた大学ノートの白いページを切り取り、お便りありがとう、と書き出してすぐに破り捨てた。思ってもみなかった手紙をもらってどんなに嬉しかったか――と書き直し、すぐにまたノートの新しいページを切り取らねばならなかった。「手紙、確かに届きました」と書くと少し気分が落着き、辛うじて先を続けられそうだった。

夕方近くまで費して、結局明史は短い返事を書き上げた。自分が一人で苦しんだと思っている間、棗も同じように苦しかったのだと知ると様々の心情が入り乱れてペンが走り、つい手紙は長くなる。彼女が今求めているのは過去への感慨ではない筈だ、と心を引き締め、どんなにでもして会いたいと思うからそれまでは身体に気をつけて健康を取り戻すように、と簡潔に認めた。出来る限り夏休みを早く切りあげて遅くとも八月の下旬までには帰京するつもりだ、と書き加えた。別れていた苦しみは二人のものだったのだから、決して棗が一人で独占しないで欲しい、と結ぶと明史は大きな息をついた。どこか酔ったような気分で家を出て手紙をポストに入れた。早く行けよ、と指先を離れて落ちる封筒にそっと声をかけた。帰宅した時、どの窓も開け放しで玄関にも台所にも鍵をかけ忘れたことに気がついた。戸締りをしっかりするように、と出がけに注意した父親の言葉を思い出し、明史は声をたてて笑った。

翌日も、身体の底の仄々と温められている感じは続いていた。静かな家の中のどこにいても、棗の呼び掛ける声が聞え、しっとりした掌が触れた。あらためて手紙を読み返すと、彼女の置かれている状態は深刻であり、手紙の来たことだけを歓んでいるわけにはいかないと反省するのだが、俺が帰りさえすれば、という期待がすぐにそんな自戒を押しのけた。

世界は棗のみで作られているのではない、と教えてくれたのは、二日目の夕方に庭の木戸からはいって来た由美子だった。昼寝でもしていたのかと思われる腫れぼったいその顔が、どこか歪んでいるように眼に映った。固そうな髪が暑苦しい印象だった。棗の手紙を受け取った今、由美子の姿が前とは違って見えた。疎ましいとは感じなかったが、惹かれる力が以前より弱っているのは事実だった。ひと気のない展望台の方に散歩に出かけるのが気の進まぬ明史は、アイスクリームを食べに行こうと彼女を街に誘った。昨日から泊りがけで須坂の親戚へ行っていたという由美子は、大通りにある旅館が経営する喫茶店で抹茶のアイスクリームを食べながら、近くの川で従姉妹達と遊んで過した一日の出来事を楽しげに話してくれた。こんな暮しもある、と頷いて聴く明史の頭に浮かんで来るのは、しかし暑い東京で浪人生活を送っているという棗の姿だった。

「お兄さんは、何してたの？」

子供のように少しずつアイスクリームを削っては舐めていた由美子が訊ねた。

「留守番だから、一日中勉強していたよ。」

「おばさん達は？」

「役所の旅行で、どこかの山に行った。由美ちゃんのお父さんは行かなかったの？」

身体の調子が悪いので父親は不参加だった、と答える由美子は役所の旅行などになんの関心もない様子だった。

明史の両親が明日の夕方に帰る予定であるのを知ると、由美子はアイスクリームの上に顔を傾げて明史を覗きこんだ。

「晩御飯、私が作ってあげようか。」

「いいよ、おふくろがカレーを作っていったから。」

「そう……。」

つまらなそうに答えた由美子は、薄緑のアイスクリームを僅かに削ったスプーンをまた口に運んだ。

近く友達二、三人と野尻湖に泳ぎに行くのだが一緒に行かないか、と由美子に誘われた時、早目に東京に帰るので無理だろう、と明史は断った。

「まだずっと長野にいるって言ったじゃない。」

由美子がスプーンを置いた。

「急に用事が出来たんだ。」

「どんな用?」

そう訊かれると返事に困った。本当のことは言いたくなかったし、彼女に対して適当な嘘をつくのも厭だった。

「ちょっと、友達のことでね……。」

「わかった、女の友達だ。」

言葉が詰ってすぐには応じられなかった。

「ふうん、そうか……。」

明史が答える前にそう呟くと、由美子はアイスクリームの残りに匙の先を突き立てた。

口数の少なくなった由美子と門の前で別れる時、もうあたりには夕色が漂い、暮れ残った空に大きな雲が山を圧して立上っていた。その頂きにほんの少し残った紅は、道の角から家の門まで歩く間に見えなくなった。

「まだすぐ帰るわけじゃないんだからさ。」

立止って由美子にかける自分の声がひどく弁解がましく聞えた。

「うん。アイスクリーム、御馳走さま。」

由美子は下駄の音を殺すようにして歩み去って行った。

すきかけた腹にアイスクリームなど入れたため食欲が遠のいた明史は、晩飯をどうしようかと迷いながら台所に立っていた。お兄さん、と呼ぶ小さな声が外で聞えた。

先刻から幾らも経っていないのに、庭は既に暗かった。由美子の白い影が夕闇にぼんやり浮かんで動かない。

「どうしたの。おはいりよ。」

「ちょっと、出て来てくれない？」

掠れたような声だった。何か食べる物でも持って来てくれたのだろうか、と訝りながら沓脱ぎの下駄を履いて明史はその影に歩み寄った。いきなり由美子がむしゃぶりついて来た。甘酸っぱい匂いが顔にかかり、乾いた口唇が頰から口へと滑った。よせよ、だめだ、と思わずそらした口で彼は囁いた。棗の姿が頭の奥を焼いた。その瞬間、なおも激しく抱きついて来ようとする由美子を、彼は力の限り突き飛ばしていた。あ、という声とともに由美子の身体がふわりと浮いて地面に倒れるのが見えた。自分のしたことに度を失って明史は仰向けに倒れた彼女に駆け寄った。大丈夫？　どこか打たなかった？

暮れ残る空に顔を向けたまま由美子はびくりとも動かない。ごめん、あんなことをするつもりはなかったんだ。呼びかけても身動《みじろ》ぎもしない由美子の肩に手を触れたとたんだった。

「お兄さんの、意気地無し！」

聞いたこともない由美子の激しい声が夕闇を裂いて明史を打った。怯む彼を押しのけるようにしてむっくり起き上った彼女は、後も見ずに木戸の向うへと走り去っていた。

呆然として立ち竦む彼の足許に、赤い鼻緒の下駄が一つだけ転がっている。それを拾いあげると急に力が抜けて沓脱ぎに尻を着けた。

俺は意気地無しか。本当に意気地無しか。静まらぬ鼓動をかいくぐって明史は苦い問いを我が身に吐きかけた。掌に、突き飛ばした由美子の身体の柔らかな感触がこびりついて離れない。仕方がなかったのだ、と小さな声が答えた。少し息が収ると、このまま由美子を放っておいていいのだろうか、との心配が薄闇の中から這い上って来る。動きのとれぬ明史は口唇を噛んで暗い空を仰いだ。冷たいものが鋭く額に当った。たちまち周囲を雨音が覆い始めた。

13

八月の下旬にはいると早々に明史は長野を去った。

去年は九月の初めまでいたのに、なぜ急いで帰ることにしたのか、と母は不満そうだった。

大学の仲間から緊急の連絡でもはいったのではないか、と疑う様子の父を見ると明史は複雑な思いを抱いた。あなたの息子は疑われるほど立派な活動など何一つしてはいないのだ、と親の買被りを訂正したかったが、信じてはくれぬだろうと考えて明史は黙っていた。

勉強の都合だとしか答えぬ彼に向い、ぷっつり顔を見せなくなった由美子と何かあったのか、と母は質した。宿題でも忙しくなったのだろう、と彼は受け流した。

その由美子は、明史が帰京する日の朝、そっと庭にはいって来た。突き飛ばして以来、初めての対面だった。

「今日、帰るんでしょ？」

顔色はやや青かったが、表情は明るく作られていた。

「うん。」

「さよなら、言いに来た。」

さよなら、という言葉に特別の響きがこめられているようで、明史はすぐには答えられなかった。

「……そう。」

「ほんとはね、この前の晩も……。」

由美子は途中で声を呑んだまま俯いた。それでは別れを告げに来た彼女を俺は突き飛ばしたのか、と考えるとその前に立っているのが恥しく、苦しかった。今度会ったらもう一度はっきり謝まり、決して由美子が嫌いだからあんなことをしたのではない、と告げるつもりだった言訳けが、色を失って足許に落ちる感じだった。相手の前に差し出す言葉を探して明史も俯いた。

「握手しよう。」

低い尻上りの声が聞えた。親指をぴんと空に立てた白い手を由美子が差し出している。少し湿った彼女の手を強く握り、その上に左手を重ねた。

「しっかりやれな。」

そんなことしか口に出せなかった。

「何を？」

「……だから……勉強とか、就職とか……。」

由美子は摑まれていた右手を振り捥《もぎ》った。

「なんだ。」

「やっぱり、意気地無し——。」

明史の眼を見詰めたまま、先夜と同じ言葉を今度は静かに繰り返し、彼女はゆっくり木戸から出て行った。その抑えた声が前より一層身に沁みた。どうせ会わなくなるなら、今日のような別れの挨拶の方がまだましな筈だ、と口惜しまぎれに思いはしても、由美子の記憶の内に一生「意気地無し」として棲み続ける自分を描くと情なかった。

気を取り直して家にはいり、明史は東京に持ち帰る荷物の点検に自分の小部屋へ向った。俺は意気地無しかもしれないけれど、もしそうでなかったら卑怯者になるところだぞ、と彼は己を慰めようとした。しかし由美子に揺すぶりあげられた気持ちを静めるのは難しかった。

ズックのボストンバッグの中には、棗からの二通の手紙がしまわれていた。一通は長い隔りの彼方から突然舞い込んだ最初の手紙であり、もう一通は明史の出した返事に折り返された便りだった。二通目になると文面も穏やかに落着き、絶え間なく取り交されて来た手紙の一つでもあるかのように、しっとりした懐しい棗の感触を送り届けて来た。

九時四十分発の汽車に乗った明史は、網棚にのせたバッグを始終気にしながら、昼過ぎには碓氷峠のトンネルを下った。横川を過ぎて関東平野にはいると暑さが急に増し、窓から吹き込む空気さえ生温かく変った。長く留守にしている下宿の二階の猛暑が思いやられた。

東京が近づくにつれ、次第に一つの顔が浮かび上って来た。棗の便りを手にするまでは、いつも信州の山影の上に呼んでいた顔だった。

しかしその手紙を受け取った後も、なぜか麻子の存在は澄んだ水の底に沈むようにして明史の内にあった。由美子への関心が彼を刺し続けていたとすれば、いわばモノクロームの写真に接するかの如く麻子には自然に対していることが出来た。眼の前には現れず、手紙を書くこともない麻子は、明史に背を見せたまま、彼の視線の恣意を許してくれていたのだろう。そしてそのことにさえ、長野で日を送る明史は気づいていなかった。

汽車が熊谷を後にして大宮にかかる頃になると、明史の内部に淡い不安が眼覚めた。終着の上野の彼方には大森があった。駅からの乾いた道路が見え、その先には帰りつくべき下宿が待っていた。けれど少し迂回して横にそれれば、樹木の多い道の傍らに白い囲いが巡らされ、木立ちの下に麻子の家がある。母と娘はもう大磯から帰っているだろうかと想像した途端、急に生々しく麻子の姿態が蘇った。最早それは白と黒の陰翳だけで作られた動かぬ絵ではなく、玉簾を分けて台所に出入りし、足音をひそめて階段を昇り降りする人のいる現実の光景だった。その様を思い浮かべると、離れて来たばかりの長野での日々がかえって夢のように感じられた。ほんの短い間ではあったが、棗からの手紙さえ幻ではなかったか、と網棚のズックのバッグを振り仰ぐ気分だった。

予想した通り、東京は猛暑に焼かれていた。そろそろ夕刻も近いというのに、黄ばんだ光に抑えつけられた大森の街は色褪せて、むっとふくらんだ空気に覆われている。

本のために重いバッグを提げて見慣れた道を歩き出すと、東京に戻って来たという実感がしみじみと湧き起って胸を浸した。しかもその東京は、今や離れる前とは違って棗のいる土地なのだ、と思う度に足が弾んだ。どちらの家にも電話がないので連絡は郵便で取らねばならなかったが、数日後にはほとんど二年振りで彼女に会える筈だった。

知らぬ間に、唐津家に寄る際に曲る角を明史は通り過ぎていた。実際に大森に着いてみると、朝の由美子とのやり取りも、汽車の中で覚えた麻子をめぐる動揺も消え、明史の頭を占めているのはただ棗のことばかりだった。


新宿駅の改札口の外に明史はもう二十分も立っていた。曇った蒸し暑い日で、ただ立っているだけでじっとり肌の湿って来るのが感じられた。その重い空気を押しやるようにして客は長い地下通路から出て来るのだが、いくら待っても棗の姿は現れなかった。もしかしたら来ないのではないか、という心配に次第に明史は脅かされ始めた。大きな電気時計の針がカタリと動いて二時二十五分を指すと、彼の心配はほとんど恐怖に変った。長野での休みを早く切り上げて帰京し、昨夜は昂奮して遅く迄眠れず、朝は朝で六時に眼が覚めてしまったのは、ただ棗に会えると信じていたからだった。

彼女自身もその日が怖いほどだと書いて来た大切な再会の約束を、自分から破るとは考えられない。小堀との間に何かが持ち上りでもしたのだろうか。棗の一方的な手紙を受け取った小堀が、彼女の両親を捲き込んで逆襲に転じ、棗は新宿に向うことが難しくなったのではあるまいか。不安が恐怖に変り、恐怖が妄想を掘り起した。三十分待っても来なかったらこちらから棗の家へ行こう、と思った。しかしもし三十五分遅れて来た場合、今度は行き違いになってまた会えなくなる……。

「ごめんなさい、待ったでしょう。」

突然眼の前に人が立っていた。髪の後ろを廻した黒いリボンを額の上で結び、小さく襟の立った白いブラウスから腕を剝き出しにした女性だった。茶色の明るい瞳を眩しそうに瞬かせた棗がいた。

「今、どこから来たの？」

「そこの改札口。」

「わからなかったなあ、一所懸命見ていたけど。」

「私はすぐ気がついたわ。中から手を振ったのに、知らん顔しているんだもの。」

「おかしいよ。右側の方？　左側を来た？」

「ずっと右を来て、すぐそこの改札よ。」

「そこも見ていた。」

二人は少しの間押問答を繰り返した。そうしている間は、まだ本当に会う前だとでもいうかのようだった。まぎれもなく棗が今自分の前に立っているという現実を、どう受け止めればよいかに明史は戸惑っていた。どこから出て来たかを彼女と押問答している限り、二年に近い空白や現在の気持ちの動顚からとりあえずは自由でいることが許されそうだった。

「私、そんなに変った?」

紐で編んだ円形の白い提げ袋をスカートのまわりにゆるく振りながら棗がそう言った時、ようやく二人の時間が流れ始めた。

「髪が短くなったんだね。でも、そんなに変っていない。前より綺麗になったけど……。」

雑踏の中で明史の声は低くなった。棗はどこかが変っていた。ただそれをうまく言い当てる言葉がみつからない。

「もう高校生ではないからね。」

駅の外へ向けた棗の横顔が微かに頰笑んだ。彼女が最早高校生ではないという事実が、明史にはひどく新鮮に感じられた。

交番の前を過ぎて街へ出ると、自然に彼女は明史の左側に来た。この歩き方だった。肘と肘が微妙に重なりかけながら、お互いに隙間を埋め合う懐しい感触が蘇って来る。通行人を避けるために肩が触れ合うと、その高さにまで覚えがあった。

天気のせいか今日は朝から身体の具合が悪く、家で寝ていた方がいいという母親と言い争っているうちに出かけるのが遅れてしまったのだ、と謝る棗の息は時々苦しそうに切れた。

「来ないのかと思った。」

彼女の手が後ろから明史の肘にそっとさわった。

「もし来なかったら、どうした？」

「うちまで行こうと思った。」

一瞬、腕を摑んだ棗の手に重みがかかり、すぐに離れた。そのまま腕を組んで歩きたかったが、まだ急いではいけない、と明史は自分を抑えた。

しばらくはただ棗と一緒に歩いている実感を嚙み締めながら黙って足を運んでいたい、という彼の望みは、相手の喘ぐような息遣いのために阻まれた。

「どうした？　具合が悪いの？」

「大丈夫。でも、休もうか。」

答える声が弱々しかった。仄暗い喫茶店よりも緑の多く明るい店の方が憩うにはいいだろうと考えた明史は、彼女の背にそっと腕をまわすようにして三越デパートの裏にある風月堂に導いた。身体の調子が気にかかりはするものの、身近にいて相手を労《いたわ》ってやれること自体に明史は密かな歓びを覚えた。

豊かな観葉植物の間に彫像の立つ庭園風に整えられた店内に腰を下すと、棗の息遣いは少しずつ落着いて来るようだった。

「前にも夏に、こんなことがあったな。」

明史は静かに記憶を手繰り寄せた。

「前って?」

「高校を受験する前の夏、夏期講習の帰りにうちに寄ったことがあったろう?」

「うん。」

「その時一緒に、大国魂神社の欅並木の方に散歩に行った。」

「ああ……。」

思い出した、という表情で棗は顔をあげた。

「そしたら、並木の下の小屋に住んでいるじいさんとばあさんが喧嘩してさ——。」

「おばあさんがおじいさんを追いかけたんでしょ。」

「そう。あの時君は、水色のシャツを着ていたよ。」

「好きなブラウスだったから。」

「やっぱり蒸し暑い日で、うまく息が吸えないって言ったろう?」

「よく覚えているわね。」

「君のことはなんだって覚えている。」

軽く答えたつもりの声が意外に胸の深くから湧いて涙が出かかった。思い出などとは呼べない棗との鮮烈な記憶の一つ一つが、貴重な宝となって身の内にずっしり詰っている。そのことに関しては誰にも負けはしない、と明史は熱い息を吐いた。

「あれはもう四年も前か……。」

自分が高校二年生だったのだから、曲折を孕んだ信じられぬほどの時が経っている。それだというのに、棗に寄せる気持ちの少しも変っていないのが嬉しかった。

「夏になると、いつも身体がおかしいの。」

「受験勉強もいけないんだ。」

「でも、今日会えたからきっと元気になるわ。」

「大丈夫だよ、もう。」

明史は正面から棗を見詰めた。左の顳顬に青い血管の薄く浮き上るのは、以前から具合の悪い時のしるしだった。頬の肉が少し削げ、二重瞼の眼のまわりに色のない陰のような漂いが生れて表情にどことなく奥行きが増していた。

「随分吸うのね。」

その顔を少し固くした棗は、また煙草に火をつける明史を詰る目付で見返した。

「そうかな……。」

「身体に悪いでしょう?」

「あまり良くはないだろうけど。」

「あなたが病気になったりしたらいや。」

眉を僅かに寄せて首を振る棗がまっすぐ明史の中にはいって来た。

「気をつけるよ。」

素直に煙草を消す気持ちになった。

「私達、二人ともあまり丈夫ではないんだから。」

棗ほどのことはないと思いながらも、二人を結びつけた言葉にこもる温もりに包まれて明史はまだ長いピースを灰皿に押しつけた。優しい眼に戻った彼女は躊躇いがちに腕を伸ばし、小さく畳んだハンカチで明史の額の汗を叩いた。恥じらうようなその仕種にも覚えがあった。

ふと会話が跡切れた。明史はコーヒーのカップを口に運び、棗はジュースのストローをくわえた。低いテーブルを間に黙って向き合う時間が訪れると、棗に会っているのだという実感が沁み出すように身の奥から湧き上った。

「何していたの？」

時の距りを確かめているような深い声で棗が訊ねた。明史は彼女のいない日々を振り返った。すぐに答えは出て来ない。

「何をって？」

「ずっと、あれから。」

「アルバイトしていたな。」

それが棗の知らない一番大きな変化かもしれなかった。

「家庭教師？」

「そう。相手は小学生だけどね。」

「小学生？」

「小学五年の女の子。」

「小学生を教えるのは、案外大変なんじゃない？」

茶色味の多い眼を明るく輝かせて訊ね返す相手に万里子のことを説明しかけた彼は、ふと途中で言葉を呑んだ。その話題にはあまり近寄らぬ方がいい、と身体のどこかで低い声が囁いた。

「週一回行くの？」

「二回だけど、でも相手のうちが近くだから……。」

これは棗には関係のないことだ、と思いつつもなぜか答えが弁解めいた口調に傾き、それを意識するとかえって話題の深みに足が向きそうになる。

「大変ね。勉強には差支えがない？」

「勉強か。そいつをあまりしてないからなあ。」

「もう三年生でしょ？」

「そうだ、木賊に電話したんだって?」

長野で受け取った棗からの最初の手紙を思い出して彼は話題を変えた。困ったように彼女は小さく頷いた。

「あいつ、何か言っていた?」

「倉沢は最近どうも活動的ではないみたいだって。アルバイトが忙しいのかなって心配してるようだった。」

「うん、駒場の頃に比べればね。アルバイトのせいだけじゃないけれど。」

「やはり、デモなんかあると行くの?」

「いや、近頃はあんまり……。」

「新聞で学生が捕まったって読むと、いつも心配だった。」

「大丈夫、そんな心配はしてくれなくても。」

自分の返事がどこか自嘲気味に聞えた。

「危いことはして欲しくない。でも、勉強はしっかりしてもらわないと困るわ。」

勉強のことを背中から押すように言われるのは初めてだった。それが二人の共有財産になる、という響きが彼女の言葉に感じられた。

「これからは、出来ると思うよ。もう君がいてくれるから。」

「私ね、あまり無理をしないで、受験科目の少ない私立大学を受けようと思うんだ。」
「その方がいいかもしれない。はいってしまえば、大学はどこでもいろんなことが出来るものね。」

話し続けるうちに、一語一語の中に共通の未来が生きているのを明史はあらためて見届ける気分だった。それは行手を閉されたまま、ただ取り留めもなく現在だけを語り合っていた高校最後の一年にも、次第に彼女と遠ざかるように努めた大学にはいってからの歳月にも、決して味わうことの許されなかった、先へ先へと豊かに伸び拡って行く光の時間だった。

今度はいつ会えるだろう、と二人は額を寄せて相談した。明史は家庭教師でつぶれる曜日を告げ、棗は予備校の時間割を明史に伝えた。大学受験まで後半年しかないのだから、再会を喜んで遊んでばかりはいられない。学校帰りの棗に声をかけて識り合った初夏も、やはり彼女は高校受験を控えていた。それから四年が過ぎた今、また彼女は大学受験を前にしているのだが、しかし似たような状態に置かれながらも二人は随分違っている、と明史は思った。あの頃は、社会科の授業で習った日本国憲法の第二十四条「婚姻は、両性の合意のみに基いて成立し……」という条文を眩しいもののように仰ぎ見ていたのだが、実は二人とも、まだ民法で定められた親の同意なしに結婚出来る「男は、満十八歳」「女は、満十六歳」の婚姻適齢にも達していなかった。

別離を含めた四年の間に、自分達が獲得したのは法律で定める年齢だけではない。それは辛い経験の蓄積と生命の豊かな充実だったのだ、と彼は考えたかった。

夏休みが終る迄にもう一度は会えるだろうが、もし無理でも必ず手紙で連絡を取り合おう、と約束して二人が椅子を立った時、店にはいってから知らぬ間に二時間近くが経っていた。

「髪、短くしたんだね。」

駅で会った時の言葉をあらためて繰り返し、店の出口に向う棗の首筋にかかった髪を明史は後ろからそっと撫でた。高校生の彼女は肩の下までさらさらとした長い髪を垂らしていた。それ以外の髪形の彼女を見るのは初めてだった。

「もっと短くしようかと思って。」

「よせよ、男の子みたいになっちゃう。」

「切る前には相談するね。」

棗は仰向けた頭を小さく振ってみせた。そこにも、二人に許された未来のキラリと光るのが感じられた。

その日、棗と明史の間に、最後まで小堀の話は出なかった。

14

秋は新しい顔で明史の前に現れた。それは炎暑の衰えとか清澄な空気の到来といった単なる季節の移り変りではなく、ずっしりとして仄温かい果実が体内に宿り、少しずつ甘味と水分を貯えて成育し続ける過程であるように思われた。

しかし棗との結びつきが、すべて別離の前のままに戻ったわけではない。二人が会うのは街の中であり、かつて胸を躍らせて急いだ武蔵野の丘へは、どちらからも誘おうとはしなかった。人目のない場所での二人だけの触れ合いがいつどんなふうにして実現するのか、明史には見当もつかないが、四年前と同じように多摩丘陵を遠く望む丘に登ることでそれが果せるとは考えにくかった。お互いの間に育って来た果実は、最早あの「丘」に登るには重過ぎるのではないか、との予感さえ彼は抱いていた。一方で明史は、今は棗の体力を労りながら受験勉強に集中させるのが先決だ、と逸る気持ちを抑え続けてもいた。

同時に彼にとっては、眼に映る外界がこれまでとは別の輝きを放っているのもまた事実だった。風に揺れる樹影にも、夕暮れの空にも、御茶ノ水駅の雑踏にも、大学の赤煉瓦の塀にも、教室の黒板にも、なにか向うからふくらんで弾けて来る光があった。

「染野さんに、長野の住所を教えてくれて、ありがとう。」

九月にはいって最初のゼミナールが開かれた日、演習室で出会った木賊に明史は棗の電話の礼を述べた。

「あれでよかったんだろう？　なにしろ国家権力の一部なんだから、役所の名前さえ書いておけば届くだろう、って答えたんだが。」

「確かに届いたよ。助かった。」

片手を顔の前に立てて感謝の意を示す明史を、木賊は眼を細めて見返した。

「だけどさ、あんた達、今どうなってるの？」

「どうって？」

「彼女、住所も知らないって言うからさ。」

「ずうっと会っていなかった。」

「それで、今は？」

「あの手紙以来、また会うようになった。」

「焼けぼっくいに火が付いたわけか。」

木賊は半ば冷やかすように、半ばは感心した口調で言ったが、そういうことになるかな、と明史は素直に頷いた。焼けぼっくいであれ、消し炭であれ、とにかく赤い火のおこったことが嬉しかった。この火を消さぬように守っていかねばならぬ、と今はそれのみを念ずるのに忙しかった。

川守助教授が演習室の戸口に姿を見せた。

「彼女、なんだか心配しているみたいだったぞ。」

向き合う形に細長く並べられた机の端に腰を下した木賊が小声で言った。

「なにを？」

「あんたが別の誰かを好きになってはいないかって。」

「そんなばかな。」

「はっきりと訊かれたのではないけれど、まあ、そういうニュアンスだったな。」

「なんて答えた？」

「言われてまずいことがあったら、俺に口止め料を払っておけよ。」

ばかやろう、と笑いながら明史も席についたが、今度の冗談は少し気にかかった。夏休み前に正門の近くの喫茶店で一緒にコーヒーを飲んだ時、危うく麻子のことを木賊に洩らしそうになって堪えた自分を思い出し、明史はほっと胸を撫でた。麻子との関りについて棗に知られるのを恐れたというより、それが妙に歪んだ形で棗に伝わるのが心配だった。一方は彼女の手紙を受け取る前の出来事であり、二人は明史にとって各々全く別世界の存在だった。もしも麻子のことを棗に知らせねばならぬとしたら、自分の口から直接語りたかった。そしておそらく麻子に対しては、棗の戻って来たことを近く率直に報告するだろう、と彼は考えていた。

夏休みが終ってから初めての家庭教師に唐津家を訪れてみて、しかし明史はその考えを若干修正せざるを得ぬのに気がついた。

乾いた風の爽やかに吹き抜ける午後、葉裏を返して揺れる樹木の並んだ道へと足を踏み入れた明史は、たちまち言いようもない懐しさに包まれた。特別意識したつもりではなかったが、帰京後も絶えて近づかなかったその界隈の空気に久し振りに触れると、長い休暇を飛びこして初夏の日々が蘇って来た。外から手を伸ばして白い門扉の掛け金をはずしながら、彼はしばらく離れていた家に戻って来たかのような感慨に襲われた。

海辺で夏を過した万里子は日焼けのあとを肌に残して健康そうであり、麻子まで夏の光を表情の隅々に貯えているかのように快活だった。母と娘の歓迎の声を浴びて居間に通り、定められた椅子に腰を落着けると、帰京以来暮して来たのとはまた異なる小世界が、ここに確実にあることを明史は認識させられた。その世界で与えられた役割が娘の家庭教師であることは明白だったが、それと同時にどこかで役割を超えた何者かになりかかっている自分をも彼は意識した。自惚れだろうか、と身を引いて反省してみるゆとりは彼にもあった。しかし内に向こうとする眼の前に、万里子の拾い集めて来た薄く美しい貝殻が突きつけられ、とても元気そうね、と弾む麻子の張りのある声が耳を打った。休暇の夏が間に挟まったために、それまでの重苦しい鬱屈が吹き払われて明史は陽気な居間の空気に自然に溶けこむことが出来た。麻子との過去は過去として、自分の気持ちの上からも唐津家における新しい季節を迎えられるのかもしれぬ、と彼は快く想像した。家庭教師の役割を多少は超えながらも、その枠を大きく踏み外すまいとする心構えさえしっかり守っていられれば——。

夏休みの宿題の話を万里子から聞き、新学期の授業範囲を確かめ、次回以後の学習計画をたてて算数の簡単な復習を終えると、その日の勉強を明史は打ち切った。

「そう、お茶を飲みながら、今日は少しお話でもしましょうよ。」

テーブルの上で教科書をとんとんと揃える万里子を見て、麻子が楽しげな声を放った。

「いつもこのくらい早く済むといいね。」

お茶の支度に台所にはいった母親には聞えぬ小声で万里子が言った。

「この次からはギュウギュウやるからな。」

立てた教科書の上に顎をのせた万里子が、舌の先をのぞかせて首を竦めた。もう少し何か言ってやろう、と明史が口を開きかけた時、電話が鳴り出してそれを遮った。受話器を取った万里子の口調が急に崩れ、うん、うん、と答えた後、友達から受け取るものがあるので大森の駅まで行って来ていいか、と台所の母親に大声で訊ねた。玉簾の間から顔をのぞかせた麻子が壁の時計を見上げ、用が済んだらすぐ帰るように、と不承不承頷くのを見るや、万里子はたちまち玄関から駆け出して行った。しようがない子だわね、と呟く麻子の声がカップの触れ合う音とともに台所から聞えた。

湯の沸くのを待っているのか、微かに揺れる玉簾の向うに沈黙が生れていた。

「そこに行ってもいいですか。」

なにを考える暇《いとま》もなく、言葉がぬるりと身体を脱けて流れ出た。答えの無い沈黙が沈黙以上のものとなって返って来る。

「いいですか。」

今度ははっきりと意志のこもった呼びかけが明史の口から放たれた。

「……駄目って言ったら、来ないでくれる？」

今日初めて聞く弱々しい麻子の声が見えない台所から洩れた。

「行きます。」

そう言って明史が立上るのと、瀬戸物が床に落ちて激しい音が弾けたのとはほとんど同時だった。自分が茶碗を叩きつけられたかのように一瞬怯んだ明史は、怯みの只中に身を躍らせる姿勢で台所に飛び込んだ。

白い紅茶茶碗とソーサーの割れ散った床の上に、流し台に手をついて立つ麻子の後姿があった。

「御免なさい。怪我はありませんか。」

思わず手を掛けた肩がゆっくりと振り向き、濡れた光の輝き出る麻子の顔が現れた。

「僕があんなことを言ったから……。」

麻子の足許から鋭い音がたち、割れた茶碗が台所の床を転がると柔らかな身体がどっと倒れ込んで来た。眼を閉じてもなお暗い光を放って止まない麻子の顔に、明史は夢中で口唇を探った。どちらが探り当てたのかもわからぬ間に、口唇は重なって息が一つに溶けていた。

貪り合う口がやっと離れた時、喘ぎを残した麻子の声が明史の耳に囁いた。

「ここまでよ。この先は、絶対になしよ。」

どう答えればよいかもわからぬまま、麻子の背にまわした手に彼は渾身の力をこめた。

「もしそうなったら、もう明史ちゃんには来てもらえなくなる……。」

言葉の意味を飛び越えて、確実に一つの恐れだけは明史の胸に届いた。自分が今何を求めているのか、「この先」を麻子の身体の奥に本当に欲しがっているのか、未知の「この先」にいかなる領域が開けるのか、彼にはいずれも明らかではなかったが、家庭教師を辞めさせられ、唐津家への出入りを差止められる恐怖は身に応えた。

「ここまでなら、いい？」

「ばか。」

くくく、と笑う彼女の腹の小さな震えが明史に伝わった。

「夏休みの間、海でずっと考えていたの。うちに帰っても、もう前みたいなことをしてはいけないって。折角の万里子の大事な先生を、こんなことで失くしたくないもの。」

頰をつけ、顎を彼の肩に埋めるようにして麻子は話していた。抱き合っていながら、これまでは経験したことのない静かな感情が湧き起るのを彼は覚えた。

「明史ちゃんにはねえ、私なんかとは全然別の大きな世界が待っているのよ。勉強も、お仕事も、女の人も、みんなこれからじゃないの。やろうと思えば、なんだって出来るでしょうが。」

「なんでも出来るのは……僕だけじゃない。どうしてそんなに自分のことを——。」

「私はもう、済んだのよ。万里子が大きくなって、お嫁に行くかどうかは知らないけれど、一人でやっていけるようになるまで育てれば、それでおしまい。後十年か、十五年か……。」

「万里ちゃんが大事なのはよくわかる。でも、だから自分の将来がもう無いみたいな言い方をするのはおかしいな。」

「それなら、何がある?」

「その気になれば、仕事をみつけて働くことだって出来るじゃありませんか。昔とは違うんだから、女だってこれからはどんどん世の中に出て行く時代なんだ。」

「もう少し若かったらね。でも、遅いわ、もう。」

すり寄せられた麻子の顔の、横にゆっくり振られるのが頰に感じられた。

「敗北主義だな、それは。」

彼女の動きをとめようとして、明史は揺れている顔を一層強く自分の頰に引き寄せた。

「だって敗北したんだもの。敗北主義が一番身に合うのよ。」

溜息に似た温かい息の塊が耳に押しこまれた。

「好きな人には、敗北主義者になって欲しくない。」

「大丈夫。すぐに別の人を好きになるわ。」

まだ微かに揺れている顔がそう言って口唇が耳に触れた。その言葉が明史の胸にほとりと落ちた。どこかでこちらを見つめている小さな顔があった。次の土曜日、短い時間でもいいから会おう、と交した約束が思い出された。

「別の人を好きになるかもしれない。でも、この人が好きなことも変らない。」

「駄目なのよ、それは。」

「なぜ?」

「そのうちにわかるから。だから、こんなところに寄り道していないで、あなたはどんどん歩いて行かなければいけないわ。」

そう告げながら、また柔らかなものが耳に触れた。

「良い子だから、もうお台所に来るのはやめて……。」

背中が優しく叩かれていた。素直に引き下らなければいけない、という思いと、先刻の「ここまでよ」という麻子の囁きとが身体の深みで激しくぶつかり合い、明史は答えることが出来なかった。

「ね、約束してくれる?」

声ではなく、息が聞えた。もしそれを約束すれば、麻子の言う「この先」はおろか「ここまで」の機会さえ失われるに違いない。

「……出来ない。」

答えを押し出すと同時に闇雲に口唇を求めた。今迄の会話が一気に消し飛び、言葉のない舌の動きがすべてになった。重ねられた口の中でもなお約束を求めるかのように固かった麻子の動きが突然崩れ、明史の首に廻された腕に戦きに似た震えが走った。ザリリと足許の床を無気味な音が這った。

スリッパを脱いだ麻子の素足が割れた紅茶茶碗を踏みしめ、白い陶器の肌を血が伝っている。

「大変だ。切れた?」

驚いて屈み込もうとする明史の頭をぐいと引き上げ、正面から眼を覗き込むと麻子はゆっくり口唇を寄せて来た。濡れたような笑いを滲ませた彼女の顔に抱き取られたまま、口の中に血の味のまじるのを明史は覚えた。

「すぐ消毒しなくては。」

ようやく身を離した明史は麻子の足を摑んで傷口を調べた。

「心配しないで。女は血には強いんだから。」

濡れたような、静かだが艶を孕む声だった。踵の少し前に切口が開いていたが、出血が思ったほどひどくはないことに明史はほっとした。ほかを見たら駄目よ、と躊躇う麻子を無視して明史は片足を流し台にあげさせ、蛇口の水を注ぎかけて傷を洗った。水を止めると流しの上に血が薄く糸を引いた。これも麻子か、と思うと不思議な感じだった。

教えられた戸棚から赤チンとガーゼを出し、足首にかけて包帯を捲く明史を彼女は椅子の上で黙って眺めていた。

「親切なのね。ありがと。」

手当てが終って身を起した彼に麻子は低い声で言った。

「帯はどこ？」

明史は乱暴に訊ねた。


その夕暮れ、下宿への裏道を辿りながら明史は気が滅入ってならなかった。ふた月近い間をおいて訪れた唐津家で母と娘に歓迎され、通いなれた居間の空気に溶けこんでこれから新しい季節が始るのかもしれぬ、と想像した幾時間か前が夢の如くに思われた。今、ぐっしょりと水を吸った重い衣服でも着けているように感じるのは、麻子のいる台所にはいったためだった。そこで起った出来事に、彼の精神はひどく混乱させられていた。

ひとつには、夏休み前とは違って棗の戻って来た現在、麻子との間の行為がすべて棗の鏡に映し出されて見えて来るからだった。それを予想していたからこそ、家庭教師の役割を僅かに超えることはあっても定められた枠を踏み外さぬように努め、唐津家で過す時間に新しい風を迎えよう、と考えていた筈だった。その意味では、海辺で麻子が決心したという内容と、明史の思い描いた新しい季節の絵とはほとんど同じものだった。

にもかかわらず、万里子が急に出かけた後、麻子のはいった台所に沈黙が生れると、明史はもう何も考えられなくなっていた。あの時の自分を抑えることが出来たろうか、と彼は重苦しい気分で省みた。空々しい話題を捜し出し、無理に作った明るい声で言葉を交していたならば、あるいは台所に行くことは避けられたかもしれない。それではしかし、嘘になる。白けた光に晒された舞台で下手な芝居を演ずるようなものだ。たとえ麻子にそれが可能だとしても、俺には出来ない……。

日が傾いてから風が落ち、かえって蒸し暑さが増した夕暮れの空気を押し分ける足取りで裏通りを歩む明史の中に、別れ際の麻子の虚《うつ》けた表情が浮かんではまた消えた。割れた紅茶茶碗を踏みつける直前、麻子から伝わった深い戦きを彼の身体はまだ生々しく覚えている。あれは過ちではなく、鋭い破片を求めてわざと素足で踏んだのだろう、という思いがつきまとって離れない。本当のことが摑めぬまま、漠然とした後悔と疚しさに包まれて彼の歩みは重かった。

下宿の玄関にはいった時、下駄箱の上に速達便の置かれているのが眼にはいった。表を見ただけで誰から来たかが一目でわかる封筒だった。手紙を手にすると急に温かなものに身を包まれ、明史は一気に階段を駆け上った。

熱気のこもっている部屋の窓を開け、机の前に端座した明史は白い封筒の頭を爪で丁寧に破り取った。


大急ぎでこれを書いています。もし郵便が遅れて金曜日までに明史さんに届かないと大変だから。

ごめんなさい……折角約束したのに、土曜日に会えなくなってしまいました。予備校の方はやりくりがつくのですが、父に頼まれているお使いがあり、先方の都合でそれが繰り上ってしまったために時間がぶつかったのです。擦れ違うくらいの短い時間でもいいからなんとかならないか、と考えましたがやはり無理のようです。楽しみにしていたので残念でなりません。すぐ次の予定を知らせて下さい。私の方は、来週なら午後三時過ぎにはどこにでも行けます——試験まで後半年もないというのに、おかしな受験生、と自分でも呆れています。

でも、お会いした後は気持ちが落着いて、よく勉強が捗るのです。だから、会うのを我慢して机に向っているよりも、沢山会ってその後勉強に熱中する方が棗には向いているんだ、と勝手に考えているの。あなたも勉強や家庭教師や大学での活動でお忙しいのでしょうけれど、どうぞ棗を助けて下さい……。

土曜日に会えないのにはがっかりしたが、その理由が明史には更に気にかかった。受験勉強中の娘に、時間のかかる使いを頼むような父親がいるだろうか。あるいはその使いとは、棗自身の用ではないのか。彼女の気持ちに対しては疑いを抱かないものの、なにか彼に隠していることがあるのではないか、との憂いを明史は拭い切れなかった。相手に隠しているといえば、麻子もそれに当った。昨日までの彼ならば、麻子との間に何があったにせよ、彼女は棗が還って来る前の過去の存在なのだ、と言い切ることが出来た。しかし今日の午後を過した後では、麻子は明史の秘密となっていた。むしろ麻子に向う自分自身が、棗に対して隠さねばならぬ秘密の存在となっている……。まるでそんなもう一人の明史を嗅ぎ当てたかのように棗の手紙は続いた。

……この頃、少しあなたにお会いしないとすぐ不安になるの。長野からお帰りになってまだひと月しか経っていないのにこんなことを言うのはおかしいけれど、でも本当なのです。あまり長く会っていなかったから、それを取り返そうとして今は焦っているのかしら。受験勉強のせいで神経質になり過ぎるのかしら。大学にはいってしまえば、ゆっくりあなたと遊んだり、お話したりする時間が生れるだろう、とそればかりを楽しみにしているのですが……。もし来年もどこもだめだったら、と考えると眼の前が真暗になります。そして心細くなる度に、お会いしたくてたまらない気持ち……。

明史さん——まだ私には、あなたにお話しなければならないことが沢山あります。もう少し待って下さい。なにもかもがゴチャゴチャになると、大声で叫び出してしまいそうです。甘えてはいけないと思いながら、こんなお手紙になりました。土曜日、本当にごめんなさい。お手紙、待っています。同じ東京なのに、あなたのいる大森は遠いなあと感じます……。

読み終えた手紙を封筒に戻し、窓の外に眼をやると思わず深い息が出た。気がかりや疚しさや不安は残りながらも、結局は棗の手紙によって身体の優しく充たされて来るのを覚えた。自分と同じように、棗も勉強机の前で今、夕暮れの空を眺めているかもしれなかった。その空をもっとよく見ようと、彼は窓から首を出した。隣家の庭木ごしに、暮れて行く西の空を覆って立上る一群の丈高い雲が映った。九月だというのに、時折青白い光の走るその雲は夏の姿だった。あれでは棗の家のある武蔵野の辺は夕立ちではなかろうか。身体の弱い棗が冷たい雨に打たれたりしていなければいいが、と憂慮する明史の胸から、先刻までの暗く光るように重苦しい麻子の面影はいつか薄れていた。

15

しばらく見ぬうちにアトリエの印象は変っていた。以前はただ、家の一部である板敷の六畳間がアトリエとして使われている、といった程度に留まっていたのだが、今は北側の外壁にドアが開かれて狭い沓脱ぎの場が張り出し、訪問者は家の内部を通らずに庭から自由に出入りが可能となった。ドアの上には跡村の作ったらしい手彫りの表札がローマ字で掲げられている。狭いながらも、その一室は独立したアトリエとしての風情を濃くしたように思われた。

室内に散らばったキャンバスやイーゼル、絵筆の立てられた壺やパレット、絵具類をのせた小机などは前と同じだったが、どことなくあたりの空気に厚みと落着きが増し、制作の匂いが滲み出ている感じだった。

「描いているのかい?」

明史は挑む口調で訊ねた。

「うん、まあね。」

こともなげに答えながら、集って来る〈夜光虫〉の同人に跡村は椅子やクッションを与えて忙しく動いた。

「どれが近作だ?」

明史は追い立てられる気分を味わわされていた。

「まだ途中だけどね。」

壁にたてかけられていた二十号ほどのキャンバスを無造作に取りあげ、跡村はそれをイーゼルにのせた。横長の画面の中央にやや黒味を帯びた赤い山がどっしりと蹲り、左右の傾斜を描く紫の輪郭線がそのまま山頂を脱け出して灰色の空で交叉している。

「これはお前、失敗したのか?」

久々に出席して初めてアトリエを訪れ、しきりに感心していた名古谷が、イーゼルの絵を指差して頓狂な声をあげた。公判はまだ続いていたが、そしてその成り行きに不安を覚えることはあるに違いないのに、名古谷の振舞いは以前と少しも変らなかった。

「いや、未完だけれど、失敗はしてないつもりだよ。」

「山の線がはみ出しているじゃねえか。こういういい加減な絵を描いたら、先生に叱られるぜ。」

「油だから、上から塗って消すわけだろう?」

築比地がもっともらしい注釈を加えた。

「このままでいいんだよ。」

当惑した笑いを浮かべて跡村が答えた。よくはないさ、こんな山がどこにあるものか、と名古谷が食い下り、気分で線が伸びたのかねえ、と木賊が首を傾げ、もしそうならその気分は輪郭の線を伸ばすのではなく敢えて山の内部に閉じこめるべきではないか、と湊が口を挟んだ。自分は実在する山を描いているのではないのだから、と跡村が反駁したのをきっかけに話はリアリズム観をめぐって俄かに熱を帯び始めた。仲間の論議に耳を傾けながらも、明史はその未完の赤い山に妙に惹かれてキャンバスに見入った。制作過程がそのまま表現となるような作品があってもいいのではないか、と考えると空で交叉する二本の線がひどく刺戟的に眼に映った。成功か失敗かは別として、とにかくこいつは実作の上で幾つかの試みを進めている。小説を書く筈のこちらはいったい何をしているのか。「逢引き」の後、一つの作品もまとめていない自分の腑甲斐無さが腹立たしかった。

「この絵はもう完成しているんだよ。作者がそれに気がついていないだけさ。」

座の論議の展開には関係なく、明史は半分やけ糞な言葉を跡村にぶつけた。

「そうお？　だけど、色だってまだ足りないし、あちこち描き切れていないしねえ……。」

跡村の柔らかな応対の中に、絵画の知識のない明史を憐む響きのあるのを聞くと彼は一層感情を尖らせた。

　庭からのドアが開いて影浦淳子がはいって来なければ、明史は制作過程と表現形式をめぐる喧嘩ごしの議論を跡村にふっかけ続けていたかもしれない。そして結局は、絵画と小説における表現の質の違いといった所に話は落着いたことだろう。いざそうなれば、自分の主張が小説作品の上でいかなる形をとるかを明史は示さねばならず、その姿は彼自身にも見えてはいない。所詮俺は何もしていない自分に不満を抱いているだけなのだと思い返しつつ、重そうな紙袋を跡村に渡す淳子を明史は眼で追った。しばらく見かけぬうちに彼女の容貌は大人びて、切長な眼の間に急に潤いのある陰が宿ったかのようだった。紙袋を中に小声でなにか相談する二人の間には、同人仲間とは別種の言葉の交されている密やかな匂いがあった。

　影浦さんが柿を持って来てくれたので皆で食べてくれ、と跡村が袋の平たい柿を配り始めると、アトリエの雰囲気が和やかに揺れた。淳子とは初対面の名古谷は彼女に紹介された後、柿を掌にのせたまま二人を無遠慮に見比べた。

「それで、この人は、跡村の嫁さんになるわけかい？」

「そうお前、単純に考えるなよ。」

　いきなり放たれた名古谷の質問を取りなすように湊が口を挟んだ。

「俺は面倒なのは駄目なんだ。男と女がいてさ、好き合っていたらよ、結婚するのが一番良いんじゃねえの？」

「だから名古谷は困るんだよ。男と女はそんなに簡単なものじゃないだろう。」

丸い木の椅子にかけた簗比地が、拡げた両足の間に手を突いて笑った。

「なんだ、結婚はしねえのか。」

「俺はいいよ、それでも。影浦さんに訊いてみなよ。」

コール天のズボンの腿でこすった艶やかな柿にかぶりつきながら跡村が応じた。

「どうする？」

余裕たっぷりに上体を傾げた淳子が跡村の顔を覗きこんでそう訊ねると、同人の仲間はどっと囃し立てた。こりゃいかん、と湊が叫び、やめた方がいいと思うよ、と木賊が水をかける。なんだ、そうなのか、と簗比地が感心したように頷き、最後に名古谷が一段と声を張り上げた。

「どっちでもいいけどよ、はっきりしといてくれねえと困るんだよ。俺にも立場があるんだからさ。」

「どんな立場が？」

「だから、他人の嫁さんには手を出しちゃいけねえとか。」

跡村に訊かれて名古谷が答えたあたりからまた一座は騒然となり、ケケケと笑う名古谷の声が狭いアトリエ一杯に響いた。

同じ年頃の男達を前にした淳子の大胆な素振りに驚き、いつに変らぬ名古谷の乱暴な饒舌に笑いを誘われながら、明史はなぜか素直に仲間の歓談の環に溶け込めなかった。〈夜光虫〉の集りに初めて淳子が顔を出した一年前の晩のように、陰々と気分が沈むのではなかった。あの時は、同人の集いに出席した女性参加者を見てつい棗のことを思い出し、取り戻しようもない彼女との隔りに辛い気持ちを噛み締めたのだった。

しかし今、棗は戻って来た。来年大学生になれば、淳子と同様に彼女もこの集りに出て来るかもしれない。高校の後輩でもあるのだから、仲間は歓迎してくれるだろう。しかし、何かが以前とは違っていそうな気がする。冗談のつもりで口にした名古谷の言葉が跡村と淳子の関係を照し出したように、ここはもう少年達の戯れる水浴びの場ではなくなっている。澄んだ声で相手を斬りつけ、息を詰めて傷の痛みを隠す精神の競技場でもあり得ない。そうだとしたら、〈夜光虫〉は別の生き物に脱皮すべき時期にさしかかっているのだともいえる。棗や淳子のような外からの参加者によって、内側にいたのでは見えにくい〈夜光虫〉の年齢の影がくっきり浮かび上って来る……。

しばらく出されていない雑誌の次の号をどうするか、という討論に移ると、明史の抱いた危惧は現実のものとなった。

漠然とした意欲は持っていても、一定の期限内に原稿を寄せるというメンバーは一人もいなかった。獄中記を書くと吹聴していた名古谷も、いざとなるとまだ続いている公判の準備などに時間を奪われてとてもその暇はなさそうだった。経済学の論文じゃしようがないだろうしな、と木賊は低く独り言を洩らした。明史は小説に取組みたかったが、「逢引き」の体験に新しいページが加えられた後、何をどう書けばよいかが全くわからなくなっている。無理をして麻子とのことなどにペンを向ければ、ひどく見苦しい作品を生んでしまいそうで恐しい。学生運動と家庭の事情とに引き裂かれる男を主人公とした作品をいつかは書きたいと考えているのだが、それにはまだ時間がかかるだろうし、社会主義リアリズムにおける典型論などが頭をちらついて方向が定まらない……。

他のメンバーについてもそれぞれの事情があるらしく、なんとか実現可能なのは湊がフランスの抵抗詩を幾篇か翻訳してみたい、という程度にとどまった。訳詩だけでは雑誌にならないな、と簗比地が言い、たまには詩だけで一冊出してもいいのではないか、僕が表紙にがっちりした絵を描くからさ、と跡村が励ますように湊に顔を向けた時だった。

「要するに、〈夜光虫〉の生命が終ったんだ。」

壁に凭れていた湊がぽつりと言った。

「終ったって？」

明史は思わず布張りの椅子から身を乗り出した。

「死んだんだよ。解散だよ。」

「ちょっと待ってくれ。俺達は〈夜光虫〉と一緒に育って来たんだからさ、そう簡単に殺されては困る。」

「育って来たさ。充分に育ったから、もう〈夜光虫〉は必要なくなったんだ。」

「必要だと思うから、今夜だって皆こうして集って来たんじゃないか。」

「必要ならなぜ原稿が集らないんだ。〈夜光虫〉はサロンじゃないんだぜ。俺達の表現の場だったじゃないか。表現意欲がなくなったとは言わんよ。しかし表現の手段や方向がまちまちになって、もう〈夜光虫〉には集中しないんだ。」

湊の口調には怒気が孕まれていた。少し前までの賑やかな空気が一変して室内はしんと静まった。

「客観的には、湊の分析が正しいと思うよ。俺達、前みたいにみんなでわいわい言って短歌や俳句を作ったり、変な小説書いたりしなくなったものな。」

木賊の声にはしんみりした響きがあった。木賊に引きずられるようにして簗比地が発言した。

「専攻も別れて来たし、文学表現がすべてではないという気持ちは俺にもあるさ。今日ね、四年生と話していたら、彼等は今就職試験で大変なんだ。後一年したら俺達もそうなるよ。会社やなんかにはいって、ばらばらになって行く。東京にだっていられなくなるかもしれない。だから、〈夜光虫〉のこともそこまで見越して考える必要はあると思うよ。」

名古谷がいきなり手を上げて口を開いた。

「諸君は学生だからさ、まあいろいろ考えるわけだ。俺みたいに革命が職業の人間はよ、世界情勢の影響は受けるとしても、道はもう一本よ。そこを行くしかねえんだから。そういう俺にとってはさ、ここはちょっとピンボケではあっても、唯一文化の匂いが漂う場所なんだ。そう簡単に死んだとか殺すとか言わねえで欲しいんだよな。」

それにしては出席が悪いじゃないか、と木賊が冷やかしたが、いつものように軽口の波が拡がっては行かなかった。

「倉沢がいけないんだよ。君がちゃんと小説を書かないから、雑誌が出来ないんだぞ。」

美術系の大学に進んでからは自分の役割を表紙とカットに限定している跡村が明史を責めた。

「書きたいさ。書きたいけれど、今は書けないんだ。」

「どうして?」

「書くよりも、生きる方に忙しいって言うのか……。」

「実は才能の問題じゃねえのか。」

名古谷が横から声を投げた。木賊が何か言うかと窺ったが、彼は黙って煙草を吸っているだけだった。

その夜、〈夜光虫〉をどうするかについての結論は出なかった。次回に存続の問題を徹底的に論ずることに落着いて会合は終った。

「これがなくなったら寂しいからさ、なんとかして続けようよ。」

淳子と並んで仲間を送り出す跡村が明史の背中に声をかけた。うん、とだけ答えて明史は靴を履いた。外に出ると湊が立っていた。

「解散するかどうかを相談するために集るようになったら、もう終りだよ。」

暗い庭を横切りながら湊が言った。なんとか反論したかったが、彼の言葉に対抗し得るほどの重い答えを身の内に探り出せずに明史は口籠った。

「〈夜光虫〉は、俺達にとって常に現在というものの別名だという気がするがね。」

道に出た明史は、前を行く仲間の後影を見詰めながらようやく呟くように言った。

「だから、それが過ぎたのさ。現在完了というのもあったろ。」

嘲るような笑いを残して湊は足を速めていた。

〈夜光虫〉が消滅することへの憂慮は明史の胸にこびりつき、なにかの拍子にふと顔を覗かせては彼を心細い気分に引き込んだ。同人誌がなくなりグループが解散したからといって、個々のメンバーとの友達づき合いが絶えてしまうわけではない。しかし高校生の頃から六年近くも続いて来た〈夜光虫〉は、明史にとってかけがえのない表現の場所だった。作品を発表するというより、そこに向けて書くこと自体に熱い手応えがあり、肯定にせよ否定にせよ、ぶつけたものが確実に受け止められる信頼感があった。たとえ痛みや屈辱を伴ったとしても、自己検証の潔い後味だけは必ず身の底に与えられた。

考えてみれば、しかし十代の半ばに結びつき、何を書いているのか自分でもわからずに綴ったような幼い文章を持ち寄って出発した〈夜光虫〉は、あまりに自然発生的な性格の強いものであったともいえる。本気で小説を書こうとするならば、〈夜光虫〉にばかり頼っていないで他に発表の場を求めねばならぬ、とは彼も折にふれて考えた。事実、ある文芸誌がはじめた学生小説コンクールに応募してみたこともあるのだが、二度とも落選して失望を味わった。〈夜光虫〉にのせた作品を読んだ大学の友人から、うちの同人誌にはいらないか、と誘いも受けたが、〈夜光虫〉の居心地良さを思うと、見識らぬ人々の集団の中へはいって行くことに気遅れを覚えた。

それがいけないのだろうか、との反省も芽生えていた。ホームグラウンドとしての〈夜光虫〉に安住し、そこに甘え、そこで出来ることだけをやろうとして来た……。

一方、個々の同人にしても、大学の三年も半ばが過ぎ、専門の学部に別れて時には先のことなどをふと考える折もある以上、各人の胸の内で〈夜光虫〉の影が薄れて行くのは、止むを得ぬ成り行きなのかもしれなかった。集りの席上での木賊や簗比地や湊の意見を思い出すと、そのいずれもが尤もであり、無視し難い説得力をもって迫って来る。にもかかわらず、明史はやはり〈夜光虫〉を失いたくなかった。それがあったから見様見真似で小説を書き出したのであり、それに目がけて原稿をぶつけるうちに、いつか小説というものが一つの生き物のようにして自分の内部に棲みついてしまっている。だから、〈夜光虫〉の解散を想像すると、足許から突然地面が消えてしまうようで、なんとも頼りない気分に陥った。

次に棗に会った時、明史は〈夜光虫〉の集りの話をした。夏以降、幾度か会う機会を重ねる間に、二人は前に会ってからその日までの出来事を息急き切って語り合う癖がついていた。浪人生活を送る棗の暮しにはあまり変化はないらしく、予備校の教室で隣に坐っていた女の子が授業中に倒れたとか、日本史の勉強が進まなくて困るとか、豪雨の日に天井から雨が洩って本が濡れてしまったとか、たわいのないことが多かった。しかしそんな取り留めのない話題が、彼女の存在を身近に引き寄せてくれるようで明史には大切だった。いつも時間の余裕がないので喫茶店で会うのだが、坐るとすぐテーブルに身をのり出すようにしてささやかな出来事を一心に語りかけて来る棗が愛しかった。中身よりも熱気のある口振りの内に、明史に対する彼女の気持ちが強くこめられているのが感じられた。

明史も同じように身辺の報告をしたが、ただ家庭教師の話題だけは用心深く避けねばならなと時かった。そのことに後ろ暗さを覚えつつ、棗も同様に隠している話があるのではないか、と時折漠とした不安に駆られるのだった。

飼猫のミミが二日前から帰って来ない、と心配そうに洩らした後、ふと棗が黙りこんだのは喫茶店ではなく、新宿御苑の細い道を歩いている時だった。その日、待ち合わせの店に少し遅れて着いた彼女は腰をおろそうとせず、どこか広い所へ行きたい、と明史に訴えた。勉強に追われて時間のない彼女を新宿御苑まで連れて行くのには躊躇いがあった。しかしコンクリートの柱を隙間をあけて並べたような長い塀に沿ってしばらく歩き、苑内に一歩足を踏み入れてみると、新宿とも思えぬ伸びやかな緑の空間が拡がるのに明史もほっと息をついた。

池の方へと下る小道を辿りながら、〈夜光虫〉が解散するかもしれない、と明史は告げた。

「随分続いたものね。」

理由も訊かず、経緯もたずねようとしない棗の冷やかな反応が彼には意外だった。高校時代から幾度も集りに参加している彼女があまり関心を示さないのは、受験勉強に頭がいっぱいでそんなことまで考えるゆとりがないのか、それとも先刻の猫の失踪に充分の同情を示さなかった仕返しか、などと訝りながら彼は足を運び続けた。同人の誰彼の意見や自分の感想などを述べても捗々《はかばか》しい返事がないのを知ると、彼は少し話題を移した。

「跡村がどうやら結婚するらしいよ。」

「結婚？　跡村さんが？」

池の縁の石を踏んでいた棗が顔をあげた。明るい大気の中で見ると蒼白く弱々しい肌だった。

「同じ大学の女子学生で、時々〈夜光虫〉の集りに顔を出していた人がいるんだよ。」

「学生結婚するの？」

「さあ、すぐかどうかは知らないけれど、彼女を紹介された名古谷がいきなり、この人はお前の嫁さんになるのかって訊いたら、二人とも否定しなかったからね。」

「名古谷さんらしいわね。」

「そこがあいつの美点でも欠点でもあるけどさ。」

「もしそうなったら、二人で一緒にお祝いあげる？」

「そうしようか。」

まだはっきり確かめたわけでもないのに随分気の早い話だ、と思いながらも、友人の結婚祝いを二人で一緒に贈るという棗の考えが明史の胸を温めた。祝った結婚の照り返しが、そのまま自分達二人を包むように感じられた。僕達はどうなるのだろう、とそっと訊ねたいのを堪えて明史は池の縁を廻った。週日の午後で苑内に人影は少なく、遠い芝の斜面や、所々に枝を拡げる大きな樹木の下に点々と坐る入苑者が見えるだけだった。

「もう少し経つとみんな卒業してさ、就職したり、結婚したりするようになるんだろうな。」

「私はこれから大学なのに。」

「大丈夫、ゆっくり待ってるよ。」

ふと言ってしまってから、明史は自分の言葉に驚いて思わず棗を窺った。まだ先のことにせよ、結婚は二人にとって危険な話題だった。なぜなら、棗の両親のすすめに従った小堀と彼女との将来の結婚の約束が、明史と棗との間を引き裂いたからだった。そして小堀との話は断るつもりだ、と長野への最初の手紙に書いて来た後、彼女は未だにその決着を明史に告げてはいなかった。明史もそれに触れるのは怖かった。今はとにかく黙々と実績をつみ上げ、二人の結びつきを強める時期なのだ、と彼はひたすら我が身に言いきかせていた——。

ゆっくり待つ、と言った明史に対する反応は、俯いて石を跨ぐ棗の顔からは読み取れない。しかし池を半周して反対側のゆるい登りの小道に差しかかった時、彼女は何も言わずに明史の腕の下にそっと自分の腕を差し込んで来た。それは言葉より遥かに温かく確かな棗の答えだった。待っていて、と腕が囁いていた。きっと待っていて、と呼び掛けていた。

優しい重みを左の腕に守って運ぶように彼は静かに小道を辿った。薄く曇ってはいたが空は高く、庭園を縁取る常緑樹の緑は深かった。足取りとは反対に、胸は熱く打って息が弾んだ。その気持ちを口に出せば、声は掠れて言葉は震えてしまうに違いない。

無言で斜面の小道を登り切った二人は、中央線の線路から庭園を隔てる植込み沿いの道を、出口の方へと戻り始めた。棗の帰らねばならぬ時刻が迫っていた。彼女が大学にはいるまでは、受験勉強の妨げとなるような長い時間は共に過さない、という約束を二人は大切にし合っていた。

道の半ばまで来て植込みの繁みが一段と厚くなったのに気がついた時、明史は遂に自分を抑え切れなかった。近くに人影がないのを見届けると、いきなり棗の腕を強く引いて繁みの下に踏み込んだ。あ、と小さく叫んでよろけた身体を受け止め、幹の裏に廻って抱き締めた。なめらかな頬から口唇まではすぐだった。武蔵野の丘の記憶が焔となって身の底から噴き上げた。重なり合った口唇の奥へ身体ごとはいってしまいたかった。懐しい棗の味と忘れられぬ匂いがあった。一度は紛れもなく明史を受け入れたにもかかわらず、その口唇はすぐ閉じて彼を押し戻した。

「なぜ。いけないの？」

喘ぐ息がやっと言葉になった。

「待って。違うの。待って。」

「何を？」

離れようとする肩を抱いたまま声が掠れた。

「だから、もうちょっと待って。」

「大学に受かるまで？」

「それとは別。私の気持ち……。」

「小堀さんのこと？」

押し止める暇もなく禁じられた名前が走り出た。血の駆け巡る頭が、やめろ、と叫んでいた。

「……待って欲しいの。」

涙の滲んだ眼がすぐ前にあった。腕から力が抜け、血の引いて行くのがわかった。

「ごめん。僕はゆっくり待つって言ったばかりだった。」

「だから、もう少し……。」

「我慢する。でも、好きだよ。」

首がこくんと振られて棗が離れた。植込みの向うを走る電車の音が木立ちを縫って響いて来た。

16

棗と新宿御苑に行った日、二人は次に会う日取りを決めなかった。別れ際に明史は来週の予定を訊ねたが、近く模擬試験があるので準備の見当がつき次第手紙を出す、と言い残して棗は電車に乗った。ドアガラスに凭れた彼女は胸の前に小さく手をあげた。プラットフォームの明史に眼を注いだまま遠ざかる顔がいつになく沈んで見え、別れた後も気にかかった。

三日過ぎ、四日経っても棗からの便りは来なかった。予定が立たないのなら、せめていつ迄は会えないという連絡だけでも欲しい、と明史の方から手紙を出したのに、それに対する返事もなかった。

やはり性急に過ぎたろうか、と彼は植込みの陰でのことを幾度も振り返った。少しでも深く棗に触れたい、とふくれあがる欲求を抑え難かったのは事実だし、彼の許に戻って来てくれた証拠を行為で示してほしい、と焦ったのも確かだった。その瞬間は長い空白を距てて触れた棗の口唇の味に我を忘れたのだが、武蔵野の丘でのようなお互いに求め合う熱中と没入の生れる暇はなかった。乏しい時間と落着かぬ場所のせいではなく、それが棗の躊躇いのためであることを彼は充分に承知していた。再会以来二人で大切に温めて来たものを自分の性急さが一気に突き崩してしまったのではあるまいか、と考えると不安は募った。いや、彼女に拒まれたわけではない、と己を慰めつつ明史はひたすら手紙を待った。しかし音沙汰のない日が続くにつれ、棗はどうしてしまったのかと案ずる焦慮と、彼女に寄せる思慕とが絡み合って渦を巻き、平静でいるのが難しかった。

先生、違うよ、こっちのページだったら、と万里子に注意され、算数の問題を取り違えていたことに明史が気づかされたのは、その日二度目だった。いかんな、どうも今日は頭がぼんやりしているんだ、と弁解する彼を万里子は下から窺う表情で見上げた。

「先生、好きな人いる？」

教える側に気分の弛みを感じたらしい万里子が唐突に訊ねた。虚を衝かれた明史は鉛筆の尻をくわえ、動揺を押し隠そうとした。

「いるさ、沢山いるよ。」

「女の人だよ。」

「もちろん、女の人だよ。」

「その中で、一番好きな人は？」

「一番好きな人が幾人もいる。」

「ずるいよ。そういうんじゃなくて、一人だけだったら？」

「そうだなあ……勉強中にどうしてそんなことを訊くのさ。」

「ママが言ってたから。」

「ママが？　なんて？」

二階にいる麻子を意識して明史の声は低くなった。

「先生は、好きな人が出来たのかもしれないって。」

「嘘をつけ。ママはそんな話をしないだろう。」

妙に眼を光らせてこちらを覗き込もうとする万里子の頭を、明史は鉛筆で叩く真似をした。いくら母一人娘一人の女世帯であったとしても、麻子が小学生の娘とその種の話を交すとは信じられなかった。

「嘘じゃないよ。それならママに確かめてごらん。」

憤然として答えると、万里子はいきなり二階に向って母親を呼びたてようとした。

「おい、勉強中じゃないか。いい加減にしろよ。」

狼狽えた明史は思わず強い声を万里子に浴せた。これまで見せたこともない尖った表情を突きつけた万里子は、小さな肩を聳やかすようにして教科書のページを口でめくった。

一向に気分の乗らぬちぐはぐな勉強が終ると、教科書とノートを揃えた万里子は黙って二階に上り、入れ違いに降りて来た麻子が下からお茶に呼んでも答えようとしなかった。

「おかしな子ね。どうしたのかしら。」

さして気にするふうもなく、三つの茶碗をテーブルに置いた麻子は明史の正面に腰をおろした。

「すみません。勉強中に僕が少しきついことを言ったもので、御機嫌が悪くなったみたいです。」

「言ってもらった方がいいのよ、あの子、ちょっと反抗的な時期なのかしらね。」

薄く紅を引いた口唇に茶碗を運ぶ彼女を前にすると、ここしばらく胸に鬱積している重いものを闇雲に彼女にぶつけたい衝動に駆られた。

「どうしたの?」

気持ちを抑えて黙々と紅茶を啜る明史に麻子が穏やかな声をかけた。優しさの中に微かな甘味のこもった声に聞えた。

「足、すっかり治りましたか。」

傷よりも、傷の生れた時のことを引き寄せるつもりの言葉だった。

「お陰様で。お手当てがよかったからね。」

「どうなったの? 見せて。」

顔をテーブルの下に傾ける仕種で明史は訊ねた。

「大丈夫よ、もうわからないかもしれない。」

断られるかと思ったのに、麻子は組んだ足先からスリッパを落すと気軽にソックスを脱いだ。初めてまじまじと見る麻子の足だった。甲高のすべすべとした足の内側に踝がぷくりとふくれ、それが土踏まずに向けてなだらかに下るあたりから、鉤形をした淡い桜色の傷跡が明史を見上げていた。

「触っても痛くない?」

屈み込んだ明史は両手で包むように足に触れた。青い血管の見えるひんやりとした肌が細く攣《つ》れて傷口の跡がもち上っている。これも麻子なのだ、と思うと顔に向き合っている時より妙に気持ちが昂った。

「汚いわよ、足は。」

掌の中の麻子がびくりと震えて引込もうとする。小指の先に埋もれそうなあるかないかの爪が恥じらうように身を捩った。

「太い血管が切れなくてよかった。」

もしそんなことになったら、腿の付根をきつく縛って止血をし、外科医院に運び込まねばならなかったろう。青白い太腿に布の厳しく食いこむ光景が浮かんで息が早くなる。

「さ、もういいでしょ。」

そう言った麻子が足を引こうとした時、明史は薄桃色の傷跡に口を押しつけていた。

「止めて、そんなこと……。」

引き返そうとする足の動きにかえって刺戟され、彼は柔らかな脹脛《ふくらはぎ》を摑んで土踏まずにまで口唇を這わせた。

「万里子がいるのよ。」

足を抜かれて床にのめった明史の髪を麻子が荒々しく摑んで持ち上げた。やっと諦めて彼は身を起した。テーブルの向うで待ち構えていた麻子が、早くお拭きなさい、と小さく畳んだハンカチを差し出した。仄かに塩辛い足の裏の味を舌に残したまま、彼は形ばかりに口をぬぐってハンカチを返した。

「明史ちゃん、あなた、拗ねているの？」

肩で息をした麻子の声が前とは違っていた。

「拗ねている？」

「私にじゃなくて、なにか別のことに拗ねているんじゃない？」

声はテーブルの前からというより、もっと遠くから響いて来るように思われた。

「どうして？」

「なにかにぶつかって、どうにもならなくて、そのもやもやを私にぶつけようとしていることはない？」

明史は黙って首を横に振った。言葉を出せば、声の表情で胸の内が見透かされてしまいそうだった。

「いいのよ、それでも。私に出来ることなら、なんでもしてあげたいと思う。だけどそれだったら、あなたの本心とは違ってしまうでしょう？」

「なぜ急にそんなことを言い出すんです？」

「夏休みが終ってからのあなた、どこかが変ったもの。」

「どこが？」

「わかるのよ。長野で好きな人でも見つけた？」

霧のかかったような相手の顔に薄い笑いの浮かんでいるのを見ると、明史は強く首を横に振った。頭の中で由美子の顔が小さく揺れてすぐ消えた。

「それじゃ東京で、好きな人が出来たか……。」

「好きな人は……。」

その人はいま眼の前にいる、と答えようとした言葉がなぜか舌の根に絡んで出損なった。

「間違ったらごめんなさい、梢サンが戻って来たかな。」

明史の動揺の中心を射抜く言葉を、麻子は楽しむように口に出した。

「あれは小説じゃありませんか。」

追い詰められた彼は、抑えた声ではあったがほとんど叫んでいた。

「誰でもいいの。好きな人が出来たら、寄り道しないでまっすぐそこに行かなければ駄目よ。」

だからまっすぐここに来ている、という答えは今度も滑らかに咽喉から出なかった。

「私、全然見当違いのことを言っている？」

遠かった声が急にふだんの麻子に戻り、手を伸ばせば届く所にいつもの顔があった。棗について、手紙の来ないことまですべてを打明けてしまいたい強い誘惑が明史の身体を走り抜けた。

「帰ります。御馳走様でした。」

突然明史は立上った。テーブルを廻る彼を待ち受けていた麻子が、腕の外からそっと抱いて額に口唇を寄せる間、彼は鞄を提げたままただ棒杭のように立っていた。

玄関に出た時、階段の上をつと何かが動いた気がして彼は二階を見上げた。万里子の顔が階段の途中にあった。さようなら、と乾いた声が落ちて来た。

畜生め。どこへぶつけているのか自分でもわからぬ言葉を吐いて明史は庭を抜け、白い扉を押した。暗くなりかけた道に出て門の扉に掛け金をかけようとすると、木々の間から居間の明りが見えた。あそこにあるのは俺にとって一体何なのだろう、と頭を振りながら彼は疲れた足で裏道を踏んだ。

下宿に帰り着いた時、下駄箱の上にあったのは長野の母親からの葉書で、棗からの手紙はやはり来ていなかった。


検事正会同が開かれるので父親が二、三日上京する、その折に笹本家に見舞いに寄る予定になっている、そちらも病人の退院後はお見舞いに行っていないだろうから、同じ日に中野に顔を出して父親に会ったらどうか、と母の葉書はすすめていた。あまり乗り気ではなかったが、明史に渡すものを父に託すと書かれている以上、笹本の家に行かなければ父と二人だけで会うことになるのを恐れた彼は、その土曜日の午後中野の家を訪れた。

僅か半年前でしかないのに、そこに住んでいたのは遠い過去のように思われて歩く道が懐しかった。不揃いのバルザック全集の中から一冊ずつ選んで買った薄暗い古本屋や、いつでもおばあさんのちんまりと坐っている煙草屋の前を過ぎて行くと、澄んだ時間の中を踏み分けて行くような気分さえ湧いて来た。

奥の八畳間にふとんは敷かれていたが、起きているおばさんを囲むようにしておじさんと父が茶の間のテーブルに坐り、父の横から麻子の笑顔が振り向いたのは意外だった。お父様が来て下さるというので、急に麻子さんも電話で呼んで昔の同窓会をすることにしたの、と笹本のおばさんが明史に華やいだ声をかけた。化粧のせいもあるのか、彼女は病院で会った時より格段に元気そうに見えた。ぎごちなく挨拶する彼に、ここにいらっしゃい、と麻子が素早く横に動いて父との間をあけてくれた。一人一人はよく識った人々なのに、その四人が顔を揃えて歓談する光景は目新しく、誰にどのような距離を保って接すればよいかに彼はまごついた。麻子が笹本夫妻をお兄さん、お姉さんと呼ぶのは頷けたが、彼女が父に対しても倉沢のお兄さんと親しげに呼びかけるのには驚かされた。そして父の方も笹本夫妻と一緒になって、麻ちゃん、麻ちゃんと話すのに馴染めなかった。四人の大人の誰もが歳より若く振舞い、楽しげに談笑する席に明史は違和感を覚え、なるほどここは母のいない世界なのだ、などとぼんやり考えながら口数の少ない時を過した。

そうよ、万里子の大事な先生ですもの、という麻子の言葉が耳にはいって彼は顔をあげた。うちにいた時と比べて、少しの間に随分大人っぽくなったわ、と笹本のおばさんが真面目な顔付きで言った。

「倉沢の子だからね、明史君はなかなか隅におけないんだ。」

笹本のおじさんが意味ありげな言葉を吐いた。おばさんが訝しそうに夫を見た。

「君が引越した後、うちに電話をかけて来た女の子と連絡は取れたかね。」

おじさんは一座の中で自分だけ知っていることをさも自慢げに明史に訊ねた。

「あら、そんなことあったの？」

おばさんが邪気のない声をあげた。

「それとも、連絡が取れるとまずい相手だったかな。」

「お兄さん、明史ちゃんが可哀そうよ、困っているじゃないの。」

なにか切り返すための気の利いた答えを探していた明史は、横から麻子に助けられると急にどぎまぎして言葉を失った。ここにかかって来た電話は棗のものに違いない、と思うとそのことをこんな場所で持ち出したおじさんの無神経さに腹が立った。

「いや、若い時はそのくらいでなければね。面倒なことがあったら私に相談しなさいよ、昔はよくあんたのお父さんの世話もしてあげたんだから。」

上機嫌の彼は太った身体を揺すっていつになく饒舌だった。横眼で窺う父の顔に苦笑が浮かんでいる。こんな大人達に俺のことがわかってたまるか、と明史は俯いて口唇を嚙んだ。もしわかってくれるとしたら麻子だけだが、皆の前で彼女の顔に眼は向けたくない。仕方なしに彼は笑いにごまかしてぬるいお茶を啜った。

留守番の万里子が心配だからお先に失礼する、と麻子が立上った時、僕も用がありますから、と明史も急いで座を立った。父と共に夕食をとって行くよう笹本夫妻にしきりにすすめられたが、彼は頑なに断り続けた。

「お父様と一緒にゆっくりさせてもらえばよかったのに。」

駅に向けて歩き出すとすぐ、麻子が言った。

「あそこには、もういたくない……。」

ひどく気の立っている自分を持て余した明史は無愛想に答えた。

「折角お父様がいらしたのに、親子の話も出来なかったじゃないの。」

「そんなもの、ありませんよ。」

「昔話ばかりして、明史ちゃんには気の毒だったわね。」

麻子の口調が笹本家にいた時とは変って来ることに明史は僅かに慰められた。

「昔、そんなによくおやじを識っていたんですか。」

「私が女学生の頃、お休みの日にお姉さんの新世帯に行くとお父様が来ていらしてね、四人でよく一緒に遊んだわ。お父様、素敵だったわよ、鼻の下にお髭があったりして。乙女心に憧れていたの。」

今の自分よりはもちろん歳上だった筈だが、そんな若い父親を思い描くのはなんとなく生臭くて厭だった。女学生時代とはいえ、その父に憧れていた、などと麻子に聞かされると、明史は一層父が疎ましかった。今日の午後は大人達に寄ってたかって騙されていたような気がする——そう言って麻子を詰りたかったが、彼は黙って電車に乗った。鬱屈した気分が伝染したかのように、彼女も口を開かずに車体の振動に身をまかせていた。

「やはり、梢サンが帰って来たんだ。」

麻子が唐突にそう言ったのは、新宿で乗り替えた山手線の吊り革に並んで摑まっている時だった。窓の外には、まだ夕暮れには間のある午後の白い空が拡がっていた。微笑に似た薄い影の滲む彼女の横顔にちらと眼を走らせた明史は、無言のままその顔の横に立っていた。肯定しても否定しても、自分の言葉の弁解めいて聞えそうなのが怖かった。

「よかったね、明史ちゃん。」

西の空に向けて麻子の呼びかける静かな声が電車の騒音を縫って耳に届いた。ふと麻子の親しい匂いが鼻を掠めるのを感じた。

「もっと早く、言おうと思ったんだけど……。」

「いいのよ、教えてくれなくても。ちょっと言いにくかったんでしょう。」

「そう……。」

「正直ね、あなたは。」

今度ははっきりと微笑を浮かべた麻子を、明史は吊り革に摑まった身体で押した。

「もう放したら駄目よ。次は取り返しがつかないからね。」

押しつけた身体を押し戻そうとはせず、包むように立ったまま麻子が言った。

「そうかなあ……。」

「大人の言うことは聞くものよ。」

穏やかな彼女の忠告に、しかし明史は不安を覚えた。ひとつには、便りのないままに過ぎている棗とのことが急に心配になったからでもあったが、ひとつには、棗について語りながら、実は麻子は自分と明史との間につけるべき決着を暗に仄めかしているのではないか、との疑いを抱かせられたからでもあった。この人にとって、俺は本質的には娘の家庭教師に過ぎない、と考えるのは辛かった。もしも棗と麻子との二者択一を迫られるとしたら、結論はあまりにはっきりしている。それが明確であるだけに、かえって選び取るわけにはいかぬ一方に向けて身が傾いてしまうのも事実だった。

「急ぎますか。」

電車の動揺を利用して、明史はいきなり麻子の耳に口を近づけた。

「え？」

初めて彼女が明史に顔を振り向けた。

「急いで帰らないといけませんか。」

「だって、万里子が一人で御留守番しているもの。どうして？」

いかにもわざとらしく彼女が問い返した。

「どこかで一休み出来ないかと思って……。」

「うちにお寄りなさいよ。いつものお紅茶ならいれてあげられるわ。」

明るい声の返事が電車の音にのって明史の頭の上を飛び越えて行った。それとは違う話なのだ、という言葉を彼は口に出せなかった。一瞬、麻子の家の台所の影が身の奥を熱く掠めたが、彼は頭を振って妄念を払い落さねばならなかった。そこが万里子の眼に曝された上げ底のような場所であることを、彼女が承知のうえで誘ってくれているのはあまりにはっきりしていた。

「いや、結構です……。」

溜息とともに明史は答えた。

「万里子、この頃なんだか難しくてね。」

「家庭教師が悪いのかな。」

「案外、そうかもしれない。」

冗談とも本気ともつかぬ口振りでそう言うと麻子は低く笑い出した。

「困ったな……。」

応対に苦しんで俯いてしまった明史の眼に、前の座席に坐った男の読んでいる新聞の見出しが飛び込んで来た。「池田・ロバートソン会談」という大きな活字に続いて、米側が日本に三十万人規模の軍隊設立を要求した、との小見出しが読めた。それが対日MSA援助の見返りであることは、記事の内容を見ずにも充分に推察された。大学構内の壁に貼られたり、アーケードに立てかけられた看板に書かれたりしているMSA援助反対の文字が蘇った。こうして再軍備が済し崩しに進められていけば、いつか徴兵制度が復活して軍隊に取られる日が来るかもしれなかった。当然今回の動きに抗議の声は一段と強くあがり、再軍備反対の集会やデモが更に盛り上って行くだろう。そうなれば行動に参加せねばならない。……ねばならない……ねばならない……。

ふと新聞を離れた眼が足許に落ちた。電車は大崎の駅を出て左へと急なカーヴを辿り始めている。よろけかける身体を踏みこたえようとする、チョコレート色の上品な靴に収った足がそこに見えた。土踏まずの上に微かな傷跡を残すこの甲高な足の味を知っている、と思うと急に明史は胸が詰った。ねばならぬ、ではなく、この足に向う時と同様に、権力と闘う行動への欲求が自分の内側からめくれ返るように湧き出してはくれぬものか、と彼は俯いたままぼんやり考え続けた。

「どうしたの？」

麻子の心配そうな声が聞えた。電車は品川の駅に近づいていた。

17

棗からの便りはまだなかった。追い詰められた明史は、研数学館の授業の終る頃に水道橋の駅へ行ってみたり、都電通りの反対側に立って古めかしい建物から出て来る予備校生を待ち受けたりもした。どこにも棗の姿は見えなかった。

こうなった以上は最早家へ行ってみるしかあるまい、と焦る気持ちが次第に明史の中に高まって来た。もう少しの間うちへ来るのは待ってほしい、と棗に告げられていた。おそらくその言葉は、小堀との話の結論が出るまでは両親を刺戟したくない、との彼女の配慮から出たものだろう、と彼は想像した。高校三年生になった春、棗の家を一度だけ訪れた際の辛い記憶が彼の頭にはこびりついていた。その日、棗が小堀の家のある高松へ出かけていることを、応対に出た彼女の母親から初めて知らされたのだった。高松行きが棗との別れの予告だった。数日後、帰京した彼女はあの二人だけの「丘」へはもう行けない、と明史を拒んだ。二人は「お友達」でいるしかないのだ、と訴えられて別れの季節が始った。だから、彼女の家への訪問は、彼にとっては棗を失うのではないかという恐怖の記憶と強く結びついていた。

出来ることなら、押しかけるようにして家まで行くのはなんとか避けたいと考える明史だったが、事態はそろそろ限度を越えかけたようだった。

不安と焦燥とが明史から日頃の臆病さを奪い去り、自棄にも似た粗暴な気分を育てつつあった。

大学では、池田・ロバートソン会談で具体化し始めた再軍備への動きに抗議する集会が組織され、明史は牛尾に小石川の小工場地帯へのビラ入れを頼まれた。

「消耗なんだ、人数が足りないんだよ。」

無精髭を生やした相手ががっしりした顎を突き出すようにして話しかけて来るのを明史は黙って見返した。

「川守ゼミの活動的なメンバーにも呼びかけてな、そっちは木賊が動員してくれることになっているんだが、彼と一緒にやってくれないか。」

「駄目だよ、俺は。個人的な事情で忙しいんだ。」

自分でも驚くほど強い拒絶の言葉が出た。

「みんな忙しいよ。俺なんか昨夜、一時間しか寝ていない。だけど情勢は個人的な事情を呑み込んで――。」

「世界情勢には呑み込みきれない個人的事情もあるよ。とにかく俺は駄目なんだ。」

「アルバイトか。」

牛尾の眼に尖った光が走った。

「それもある。でも、それだけじゃない。」

「根こそぎ持って行かれるんだぞ。」

「わかってるよ。でも、それは個人的な事情の方だって同じさ。」

「もう時間がないんだ。駄目なら今日は仕方がないが――。」

無理に何かを飲み下すように小刻みに顎を動かした牛尾は、そのままあたふたと走り去って行く。前はこんな断り方は出来なかったな、と思うと苦い笑いが湧いた。いつか喫茶店で木賊と話したゾルレンとザインのことが思い起された。こうしてゾルレンを払いのけてザインに集中していくと、その先は一体どうなるのだろう……。しかしどこか騒然とした空気の構内を抜けて正門を出ると、明史の歩みはまさに個人的事情に絡み取られた粘る重い足取りに沈んで行った。

明史が唐津家に着いた時、万里子はまだ帰宅していなかった。学校の行事の都合で帰りが少し遅くなるけれどもうそろそろ戻って来る筈だ、と玄関に迎えに出た麻子が穏やかに告げた。テーブルには既に紅茶の用意が整い、彼女はすぐに琺瑯引きの白い薬罐をさげて台所から現れた。あまりに手筈の整ったその運びに圧倒されながら、仕方なく明史が紅茶を啜って彼女の出してくれたチェスターフィールドを半分ほど喫った頃だった。もう帰って来ると思うけどね、と椅子から伸び上って窓の外に眼をやった麻子が、急に思い出したという素振りで背後の棚にあった平たい包みを明史の前に置いた。

「なんですか。」

手に取ると明らかに本の重みがあった。

「明史ちゃんへのプレゼント、私からのね。」

「開けてみてもいいですか。」

「どうぞ。」

麻子が本を贈ってくれるとしたら、それがどんな種類の書物となるのか明史には見当もつかなかった。いずれにしても本である以上、そこには内容と重なった贈り手のメッセージがこめられているのは明らかだ。期待に気の急く指で彼は包みを解いた。

「神は躓ずく」リチャード・クロスマン編・村上芳雄訳。「西欧知識人の政治体験」とサブタイトルの添えられた本を彼は怪訝な気持ちで開いた。書名も評判も聞いたことのないこのような本をなぜ麻子が自分にくれたのか、彼は狐につままれた気分だった。

目次を開くと更に驚きは増した。第一部は「入党者達」と題されてアーサー・ケストラー、イグナツィオ・シローネ、リチャード・ライトの名前が並んでいる。第二部は「共感者達」であり、そこにはアンドレ・ジイド、ルイス・フィッシャー、スティーブン・スペンダーの名前がある。すべての人名を識っているわけではなかったが、なにか共通する影がそれらの背後に感じられた。

「読んだのですか、この本を？」

明史は正体不明の書物を手にしたまま、麻子の顔を見返した。

「私が読んでもわからない。でも、明史ちゃんなら、もしかしたら面白いかもしれないわ。」

どうしてそう考えたのか、と問い重ねようとした時、あ、帰って来たわ、と本の話題から逃げるように麻子が腰を浮かせた。疲れた表情の万里子が、ただいま、という不機嫌な声とともに居間にはいり、重そうなランドセルをソファーに投げてその横に長々と身を伸ばした。後で読ませてもらいます、と礼を言って包みなおした本を明史は鞄にしまった。ソファーの上から万里子がそれを黙ってみつめていた。

学校の行事に体力を費したらしく万里子は集中力を欠き、勉強に身のはいらぬ様子だった。幾度も問題を訊きなおしたり、的外れの答えを出したりする相手に明史は手を焼き、時間ばかりが過ぎて行く。ようやくいつもの半分ほどの問題をこなして両者がそれ以上進むことを諦めた頃には、もう窓の外はすっかり暗くなっていた。

「ゆっくり休んで、もう少し元気になった方がいいよ。学力は充分についているんだから。」

慰めるように明史が言うと万里子は無言で頷き、ランドセルをさげて、階段を大儀そうに上って行った。

「万里ちゃん、大分疲れているみたいだな。」

入れ替りに居間に姿を見せた麻子を前に、半ば独り言のように明史は言った。

「ちょっとうちの中がゴタゴタしたりしてね、あの子も今可哀そうなのよ。」

麻子が小さな溜息をついた。これまで見せたことのない憂いの色が細い眉の間に刻まれている。

「ゴタゴタって?」

「ん?　いえ、なんでもないの。……いいわねえ、あなたは若くって。」

眩しそうな眼を注がれて彼は椅子の上でもじもじした。

「ただ若くたって仕方がない。」

「そうじゃないわ。ただ若ければ、それだけでもう充分。いつかわかるわよ。」

「どのくらい経ったら？」

「私くらいの歳になったら。でも、男の人は違うかな……。」

微かに首を曲げて明史を見ている眼にぶつかると、言いたいことは沢山あるのにそれが言葉に出なかった。

「今度いつか、晩御飯食べて行って頂戴。万里子と三人でお食事しましょうよ。」

別れを告げる明史を送って玄関に向いながら、どこかわざとらしい陽気な声で麻子が誘った。二階の万里子には呼びかけずに、サンダルをつっかけた彼女は先に立って庭に出た。ひやりとした闇が身を包み、葉の落ちかけた木立ちがぼうっと白く浮かんでいる。

「あら、お星様。」

麻子の指さすまだ新しい夜空に小さな星の瞬くのが見えた。なにかわけの知れぬ熱い思いがこみあげて明史は唐突に眼の前の肩を抱いた。二階の窓に明りがついていないのを確かめてから、その肩をそっと押して木立ちの奥に進んだ。されるがままに柔らかな肩の自然に動いてくれるのが嬉しかった。

口唇が離れた時、頬を擦り寄せて、好きだ、と明史は囁いていた。麻子の反応は意思を失ったように鈍く、背中にも首にも廻されぬ手がただ明史の乾いた髪をまさぐっているだけだった。

「光彦クンには、梢サンがいるじゃありませんか。」

静かな息が耳にかかった。突然、狂おしい欲望が身体の奥の暗がりを走った。麻子をズタズタに引き裂いてしまいたい衝動が木立ちの幹を駆け上った。明史の執拗な口唇を避けようともせず、ただ優しく彼の髪を撫で続けていた麻子が、ほら、人が通るよ、と悪戯っぽく外を指さした。遠い街灯の明りが仄かに滲む柵の向うを、固い靴音をたてて二人の男が続け様に歩み過ぎて行く。麻子を抱いたまま、明史は息を殺して庭の樹木になった。

靴音が消えて再び彼が動き出そうとした瞬間、二階の窓にパッと光が弾けた。麻子を放した彼は慌てふためいて木陰の暗がりを求めた。

「万里ちゃん、出て来てごらん。綺麗なお星様よう。」

同じ場所から身じろぎもせず、長閑とも聞える声で麻子は二階に呼びかけていた。暗がりを伝って足音を忍ばせつつ木の扉に近づく明史は、まるで薄汚れた野良犬のようだ、と自分を嘲けった。慰めるように髪に触れていた手が麻子の唯一の反応だったと思い当ると、夜道を歩き出す明史の足は俄かに縺れた。

下宿に帰ってコロッケとひじきの煮付の夕食を掻き込んでも、ほとんど味がわからなかった。自室に引きあげた明史は、電灯もつけずに畳の上に大の字に横たわって眼を閉じた。今日も手紙は来ていなかった。もしも万里子の部屋の明りが庭に差さなければ、あの後俺はどうしていたか。掌にほとりと重い乳房や、スカートをめくりあげられた蒼白い太腿のイメージが眼の奥をちらついた。棗はどこに行ってしまったのか。麻子が意思を失ったような不思議な優しさを示したのはなぜだったろう。棗の気持ちとは裏腹に小堀との話がこじれ、彼女は動きがとれなくなったのか。今夜の麻子なら、求めるものを何でも与えてくれたのではあるまいか。小石川の小工場地帯にビラ入れにいった木賊達は無事に戻っているか――。

不意に鞄の中の本のことが思い出された。そのどこかに麻子の手紙が挟まれていることを期待した明史は、電気スタンドの明りをつけ、紙に包まれた書物を取り出した。

「神は躓ずく」――ザ・ゴッド・ザット・フェイルド――と原題の印刷された表紙を開き、ページを丁寧に繰っていったが、どこにも余分の紙片など挟まれてはいない。それなら何故麻子が唐突にこんな本を贈ってくれたのか、と不審を募らせる明史は編者リチャード・クロスマンの序文を読み始めた。十数ページに及ぶ序文を読み進むうち、頭に血が昇り、息が荒くなった。いかに知的な装いがこらされているにせよ、その編著が結局は共産主義からの転向者達による党批判の書である、と思われたからだった。たとえ意図が主観的には良心的であったとしても、客観的にみればそれは敵を利する結果となる反動主義でしかない――牛尾や真壁や水垣のよく口にするそんな論法を思い起すゆとりさえなかった。書物の背後にありありと父親の影が見えた。麻子自身の好みや選択でこの本が贈られたとは到底考えられぬ以上、背後に父の意志が働いているのは明らかだった。

「バカヤロウ、誰が読むか！」

部屋の壁に向けて力まかせに手の本を投げつけた。本の重みが父の一部分のように感じられた。明史の怒りは、しかしただ父に向けられているのではなく、唯々諾々と頼みを受け入れた麻子にも及んでいることを彼は認めねばならなかった。グルになっていやがる、と壁際にだらしなく身を開いて落ちている本に憤懣を吐きかけた。笹本家で会った後、麻子と父がまたどこかで顔を合わせたのかもしれぬ、という疑念が明史を衝き上げた。二人の繋がりは許し難く汚れていた。汚れながらも、その妄想の裏にはどこか嗜虐的な快感もひそんでいた。

「畜生、二人で小細工をしやがって。誰が騙されるか。」

口に出して罵った威勢のいい言葉に、しかしふと足許を掬われるのを感じて明史はたじろいだ。おそらくは父や麻子が心配するような危険な場所から百歩も手前にしか自分が立っていない、という事実こそが最大の皮肉だった。

「買い被るもんじゃねえよ。」

口唇を曲げて呟いてはみたが、今度の独り言には我ながら厭になるほど自嘲の響きがあった。壁際から拾い上げた本を明史はそっと紙屑籠に入れた。一度はそうせずには気が済まなかった。

階段に足音がして陽気な歌声が昇って来た。わざと潰した低音のだみ声は、黒人のジャズ歌手の真似らしかった。ただいまァ、とおどける弟の方の声が聞え、誰もいない隣の部屋の障子が開けられた。室内を忙しげに歩き廻る気配が少し続いた後、今度はサックスの口真似とともに軽やかな足音が階段を駆け降りて行く。おや、久し振りに帰ったと思ったら、またお出かけ？　とおばさんの大きな声が玄関から伝わった。返事のかわりに格子戸が閉ってあたりは急にひっそりとした。地上に自分一人が取り残されでもしたかのような寂しさが明史の胸を締めつけて来た。麻子の立つ庭も、長野の広い家も、由美子が顔を出す木戸も、すべてがひどく遠くにあった。中でも最も隔てられているのは、東京西郊の闇の底に沈んでいる棗の家だった。

その夜遅く、大学ノートを破り取って明史は棗への手紙を書き始めた。

本当に、どうしてしまったの？

会えなくなってから、随分日の過ぎたような気がします。数えてみればまだそれほどの日数ではないのに、もう幾月も経ったように思われてなりません。君からの手紙をひたすらに待つ辛い日々があまりに長く続いているからです。

新宿御苑を一緒に歩いた後、次の予定を連絡すると駅で言ったまま、急に君は沈黙の奥にはいってしまった。日程が未定なら、とりあえずいつ頃までは会うことが難しいかを知らせて欲しい、と頼んだ手紙にも返事がない。そして僕の耳には、待って、待って、と言った君の声が谺《こだま》のように残っているだけだ……。

病気で葉書も書けないのだろうかと心配したり、難しい話に捲き込まれたまま悩んでいるのではあるまいかと憶測したり、なにか事故でもあったかと想像したり、君のことばかりを考えて、なにも手につかぬ時を過しています。僕にとって、そんなに君が大事な人であることを、どうか忘れないで下さい。


不安を押しのけるようにしてペンを走らせていると棗の姿が生々しく蘇り、熱いものが胸にこみ上げた。本当に書きたいのはこんなことではない、自分の奥の最も柔らかな部分から放たれる危険な声を棗にぶつけたい、棗の身体の奥に届けたいのだ、との願いが抑えようもなく高まって来た。


恐れていることを敢えて書いてしまいます。受験勉強に集中しなければならぬ君の心を乱すまいと必死に堪えていたけれど、これ以上我慢していれば嘘の手紙になりそうだから——。

新宿御苑で会った時の僕がいけなかったろうか。植込みの繁みの陰で思わず棗を抱き締めずにはいられなかった僕の性急さが、君を沈黙に追い込んでしまったのだろうか。

そうだとしたら、許して下さい。しかし、あれがあの時の真実の気持ちであったことだけは信じて欲しい。いや、今だってこの手紙を書きながら、僕は棗を抱き締めている。息も出来ないくらい抱き締めている。

もしも僕の棗が、あの夏の手紙とともに本当に還って来てくれたのなら、四年前、二人だけの「丘」の上でそうしたのと同じように僕達は抱き合える筈だ、と思っています。

けれども君は、待ってくれ、と言った。こんなに君が好きなのに、そして君も僕の所に戻って来てくれたのに、なぜ僕達は待たなければいけないのか――。

きっと、小堀さんとの話がこじれているのか、君の気持ちがまだ完全には整理がついていないのだろう。これは僕の勝手な想像だから、もし間違っていたらまた謝らなければならない。しかし、当っているとしたら、もう何も考えずに僕の腕の中に飛び込んで来てもらいたい思いでいっぱいです。たとえ過去に、小堀氏との間にどんなことがあったとしても、今の僕等にとってはそれが何だろう……。

そこまで書いて、明史は胸の片隅に痛みが走るのを感じた。小堀の腕に抱かれている棗の姿がいきなり浮かび上ってしまったからだった。棗への思いが、小堀を介することによってこれまでとは別の色に染め上げられ、めらめらと焔を噴いたかのようだった。

僕が好きなのは、今眼の前にいる君だということを一刻も忘れないで下さい。そしてその他の余分な考えは、すべて君の中から追い出して下さい。君の意志さえはっきりしていれば、もう僕達に怖いものは何もない。君が止めさえしなければ、僕は直接小堀氏と会って話をしたい。君の家へ出かけて、お父さんやお母さんにもお話したい。君を完全に取り戻すために必要なら、どんなことでもするつもりです。

君のことを考えているだけで、もう、頭がおかしくなりそうです。あの懐しい「丘」の記憶が、そして新宿御苑の木陰での一瞬の歓びが、今ではかえって僕を苦しめます。あまりに激しくふくれあがってしまった願望が、君が眼の前にいてくれないために、おかしな形で暴発しはせぬか、と自分で心配なくらいです。

ペンが止った。近寄ってはならぬものの匂いに身を包まれている感じがした。同時にしかし、その危険なものに触れたい気持ちも強く動いていた。棗に対して小堀のことを言った以上、こちらも麻子の存在を隠しておくのは卑怯だ、との後ろめたさもあった。すべての秘密を取り払い、透明で純一な結びつきを棗に求めようとする感情が鮮烈な風のように吹き抜けた。他の人には不可能でも、自分達にはそれが出来る筈だ、との自負もあった。ここまで書いたのだから、と勇み立つ筆の勢いもあった。明史は慎重な手つきでノートの新しいページを破り取った。

……僕にも、君に話しておかなければいけないことがあります。家庭教師に通っている家の夫人のことです。正式に離婚したのかは不明だけれど、夫は出て行ってしまい、今は小学生の娘との二人暮しです。

その人の孤独な様子に惹かれ、一度だけ接吻してしまった。これは、君がまだ長野に手紙をくれる前の出来事です。君に去られた哀しみを語ったこともあり、その人もこちらに同情したのかもしれません。過去のこととはいえ、君には言っておかねばならぬ、と前から思っていました。

今はもう何もないのですが、君への思いに身体が熱くふくらんだまま動きが取れぬ状態に追い詰められていると、なにかわけがわからなくなり、本当の願望とは関係なく、ただ近くのものに向けてやたらに突走りそうな不安を覚えるのです。

恥しいことかもしれませんが、そんな分裂した自分を抱えているのも事実です。君にはすべてを知っていてもらいたい、という気持ちから、躊躇いながらも書いてしまいました……。

万年筆を置くと、こんなことまで明かして大丈夫だろうか、と俄かに不安が湧いた。嘘の手紙にならぬために自分の気がかりを率直に述べる、と棗に語りかけておきながら、麻子との関りを告白する部分に大きな偽りがひそむのはあまり気にならなかった。告白するという行為の放つ自己犠牲の香りに明史は酔っていた。過ちを乗り越えて果す棗との結びつきを、ほとんど崇高なものとして夢みたかった。彼の憂慮は手紙が真実であるか否かには向わず、偽りによって薄められた麻子との関係を知った棗が果して明史をどう思うか、に専ら集中せざるを得なかった。我が身を卑劣であると省みるゆとりも、棗における小堀と同様、こちらの傍らにも麻子がいると告げる計算の知恵も、充分に働いてはいなかった。ただ混乱と欲求が渦巻く中を貫いて鳴り響く棗への愛の調べだけを届けたい、と彼は盲目的に願っていた……。

どれほどの時間が経ったのか、階段を昇って来る重い足音が聞えた。どさん、と何かが畳の上に投げ出され、大きな溜息をつく気配が隣室から伝わった。工業大学に通う兄の方が帰って来たとすれば、夜もかなり更けている筈だった。

破り取ったノートの紙を揃えて丁寧に二つに折り、そのまま机の抽出しにしまった。長い時間をかけて書いた手紙をポストに投ずる決心は、まだつかなかった。

18

迷いあぐねた末に明史が手紙を投函したその日、下宿に帰ると下駄箱の上に棗からの葉書が待っていた。便りが行き違いになったのを知ると彼は慌てた。

長いこと、ごめんなさい。ようやくお会い出来そうになりました。来週になれば大丈夫です。すぐ追いかけて日をお知らせします。アルバイトのない曜日を選びますから。自分勝手で済みません。

でも……。

葉書はそこで終っていた。急いで書いたらしく大きな字が踊っているが、文面からはいつになく活気が感じられた。そして最後の口籠った中断の内に、棗の温かな息遣いが匂うかのようだった。こんな連絡がもらえるのなら、俺は焦るあまりに不要な手紙を出してしまった、と明史は悔んだ。弾む心にこちらから暗い影を投げこんだのではあるまいか、との不安もあった。すぐにも前便に対する言訳けの便りを出したかったが、それもまた行き違いになりそうで躊躇われた。結局明史は自分の出した手紙の陰に隠れるようにして棗の次の声を待った。

予告通り三日後に届いた葉書は速達だった。来週の火曜日の夕方、うちに来て下さい、とだけ書かれた便りは無表情で、そこにどんな感情が埋められているのか明史には窺うことが出来なかった。棗に招かれて自宅を訪問するのは初めてであり、本来は有頂天に喜んでいい筈なのに、この葉書を認めた彼女は既に自分からの長い手紙を読んでいる、と思うと彼は緊張を強いられた。呼出し状にも似た短い便りに記された「夕方」が、何を意味するのかもはっきりしない。当然両親と会う運びになるだろうし、場合によってはそこが小堀との対決の席にさえなりかねない。たとえ家族に穏やかに迎えられたとしても、棗との間には麻子の問題が残る。手紙では過去の出来事として語られているが、罪の意識を抱える明史は、彼女の口から何が飛び出して来るかに怯えた。火曜日を待つ日々は期待と恐れとの間に大きく揺れて、棗の手紙を待ち焦れた日々より更に長く感じられた。

当日はどんよりと曇った肌寒い日だった。到底講義を聴く気分にもなれず、下宿の狭い部屋をうろうろと歩き廻るのにも疲れ、明史は昼過ぎに家を出た。新宿で電車を降りると紀伊國屋書店の棚の前に立って時間をつぶし、三時頃にはもう中央線立川行の落着かぬ乗客となっていた。

国分寺に着いてプラットフォームを狭い階段の方に歩き出すと、この駅をめぐる棗との記憶があちこちから立昇って明史を包んだ。まだ声をかける前、染野という棗の姓を初めて知ったのも、このプラットフォームの上でだった。皮肉にも、それを教えてくれたのは小堀に他ならない。彼が棗に呼びかけ、彼女が答えるのを階段近くの柱の陰で盗み聴きしたからだった。改札口の外にある売店脇のベンチには、通学するバスの中で気分の悪くなった棗を坐らせて見守っていたこともある。俯きこんでしまった彼女を見て、通りがかりの中年の男性が、どうしたのかと声をかけてくれた。妹かと訊ねる相手に、下級生ですと明史が答えると、男女共学だものなあ、と相手は感慨深げに頷いて立去ったのだった。もう帰って来る頃だ、と約束もしないのに電車から降りて来る棗を待っていた真冬の明史もいれば、意外な時間に偶然顔を合わせ、あ、と嬉しげな声をあげる初夏の棗もいた。

そんな数知れぬ思い出を掻き分けるようにして明史はブリッジを渡り、改札口を出た。バスの停っている駅前のゆるやかな傾斜を昇り、すぐの四つ角を左に折れて線路沿いに進めばあの「丘」への道となるのを意識しながら、彼は反対に右へと折れた。夕暮れにはまだ早過ぎるので、バスの停留所にして四つか五つある道程をゆっくりと歩くつもりだった。その間に、何が起っても切り抜けられるようにしっかり心構えを固めておこう、と考えていた。

道路沿いに欅の立ち並ぶ農工大学のグラウンドの横を過ぎ、府中刑務所の石の門柱の彼方に灰色の高い塀を望む頃には、しかし明史の中にはもう懐しさしかなかった。長い間禁じられた土地として過去の中に封じ込めていた風景が、かつてのままの姿で次々と眼の前に現れて来る。以前と変らぬそんな景色の中に今も棗が住んでいること自体、明史には不思議に思われてならなかった。

とりわけ、毎朝のように棗と出会っていた一本の細い道への角に立った時、彼は胸が熱く締めつけられるのを覚えた。秋の気配の漂う櫟林や灌木の生い茂った土地と、農工大学の実験林の黒々とした常緑樹の間に吸い込まれて行く土の小道は、高校生の彼が自転車で走り廻っていた頃と寸分違《たが》わぬ静かな佇いを守っている。遥か前方で道が右手にカーヴするあたりには、大学の馬場の白い柵が望まれた。大きく一つ息を吸い、透き通った水の中に身を浸すかのように明史はそっと小道に足を入れた。

平屋の公営住宅が押し並ぶ一帯の、外れに近い戸口の前に明史は立った。檜葉の囲いから玄関まではすぐだが、その狭い隙間の左手に井戸があり、ポンプを覆う形に無花果の枝が拡がっている。見覚えのある若い木が数年のうちに一まわり大きく育ったのを眼に収めて彼は格子戸に手をかけた。小さな家は気味の悪いほど静まり返って人の気配も感じられない。

「ごめん下さい。」

レールが曲っているのか、鴨居が下ったのか、軋みながらやっと数センチほど開いた格子戸の奥に明史は掠れた声を投げた。はあい、と意外に明るい返事が聞えて戸の隙間にピンクのセーターがのぞいた。

「駄目よ、もっと下を力いっぱい引張らないと。」

下にずらした手に思い切り力をこめた瞬間、格子戸は勢い良く動いて三和土《たたき》に立っていた棗と危うく鉢合せしそうになった。

「難しいんだな。」

家の中を気にしながら、彼はわざとらしく鴨居を見上げた。

「悪い人ははいれないようになっているの。」

笑顔でそう言った棗は明史を中に促すと、狭い三和土の上で身を触れ合うようにして背後の戸を閉めた。明らかに棗の身のこなしでありながら、外で会う時には見られぬ彼女の無造作な素振りが新鮮だった。これまで明史は、自分の住いの中に居る彼女を見たことがなかった。開きにくい格子戸が、緊張に強ばる彼をかえって自然に家へ招き入れ、そんな棗に会わせてくれたのが幸せだった。

驚いたことに、その狭い家には棗の他に誰もいなかった。南に面した六畳間は、壁際にぎっしりと本や雑誌が積み上げられ、天井から電灯が垂れさがる下に、本とノートの拡げられた低いテーブルがあるだけだった。そして整理だんすの二つ並んだ暗い四畳半と台所の他にもう部屋はない。

「お母さんは？」

父親はまだ勤め先から帰らないとしても、母親にどんな挨拶をしたものかと頭を悩ましていた明史は、拍子抜けがした。

「咽喉渇いてる？　お茶いれましょうか。」

返事のかわりにどこかぎごちない声が台所の方から聞えた。

「いいよ、水で充分。」

「私が飲みたいの。お紅茶にする?」

「いや、緑茶の方がいいな。」

咽喉よりも口の中がからからだった。しかしここで紅茶は飲みたくない、という気持ちが強く動いた。

棗がお茶の用意をする間、明史は落着かぬ気分で部屋の中を見廻した。積まれている本は岩波書店や中央公論社から出版された歴史関係の書物と文学書が多かったが、中に大月書店刊の「マルクス・エンゲルス選集」の高く重なっているのに眼を惹かれた。判例集や分厚い法律関係の刊行物ばかりが並ぶ書棚を前に育って来た明史には、この種の本を買い求める父親像がうまく焦点を結ばない。空襲で焼け出されたためか、戦前に出版されたものはほとんど見当らないが、カバーに富士山らしい山の大きく描かれた古めかしい冨山房百科文庫が十冊ほどかたまっている。ハンス・カロッサの小説やゲーテの箴言集などに興味を惹かれはしたものの、手に取って中を開くまでの気持ちの余裕は明史になかった。

濃くいれた煎茶をお盆にのせて運んで来た棗は、テーブルの上の参考書とノートを手早く片づけ、明史の前に小振りの茶碗を置いた。ふわりと拡がるスカートの裾を、畳の上でつまんで直す手付きも彼には目新しかった。

「しばらくだったね。」

熱いお茶を二口、三口啜った明史は、テーブルの向うに坐った棗とあらためて眼を合わせた。顔色はやはり冴えなかったが、頬のあたりは少しふくらんで新宿御苑で会った日よりも元気そうだった。

「呼びつけたみたいで、ごめんなさい。」

左手を添えて行儀良く口に運んだ湯呑茶碗を掌に包んだまま、彼女は低い声で言った。

「そんなことはない。何があったって蹴飛ばしてとんで来たさ。」

そう、と頷くと棗は俯いた。いつものように会わない間の出来事を息急き切って語りかける気配も見せず、そのまま口を開かない。場所も違えば空気も異なるので当然かもしれなかったが、彼女の沈黙の重さに気圧されて明史も眼を伏せた。こうして向き合っている以上、もはや健康状態や勉強の進み具合について訊ねてみても意味がないのは明らかだった。

たとえどんな話が棗から出たとしても、これまで待ったのだから、今日は避けていた話題の底におりて行かねばならぬ、と明史は腹を据えた。二人だけのうちにそのことをどうしても話しておきたい、と追われる気持ちもあった。

「手紙、読んでくれた？」

墨が掠れるのに似た乾いた声になった。

「うん……。」

「いけないことまで書いた気もするけれど、でも僕は――。」

そこまで言いかけた時、棗がつと顔を上げた。霧に沈んだかのように動きの消えた表情の中から、細められた眼だけが激しい光を放っている。何か言おうとする口唇が小さく震え、ことりと音がして湯呑茶碗がテーブルに置かれた。

「私の前で、裸になれる？」

予想もしなかった言葉が飛びかかって来た。しかもその声は澄んで深かった。

「……裸に？」

「着ているものを全部脱いで、今、裸になれる？」

身動ぎもしない棗が繰り返した。驚きのあまり返事も叶わぬ明史を前に、私はなれるわ、と彼女は早口に呟いた。

「しかし……。」

「今日はお父さんもお母さんも帰らないの。名古屋の親戚に用があって出かけたから。」

「もちろんなれる。でも……。」

言葉の意味がわかって来るにつれ、明史の中に生れたのは恐怖に近い感動だった。と同時に、自分の肉体が醜いものであるかのような羞恥が身の奥を灼いた。

「お願い。そうして――。」

テーブルの前に音もなく棗は立上った。南の窓に白いカーテンを引き、玄関に出ると錠を廻す音をひっそりと響かせた。

「染野さんのおうちはお留守なの。」

生真面目な表情のままそう言うと、棗は続けさまに四畳半との間の障子を寄せ、テーブルを窓際に押しつけた。壁に向かってピンクのセーターを脱ぎ始める棗を前にして、明史は躊躇いながらも腰を浮かした。自分が今、何を望み、何を恐れているのか、最早彼にはわからなかった。ただ、これはひどく厳粛な儀式であるのだ、という意識だけが小刻みに震え出そうとする身体を辛うじて支えていた。

学生服のボタンを外し、ワイシャツを取り、ズボンのベルトをゆるめる間、彼は眼の前に積まれた本の背を睨み続けた。三木清の「構想力の論理・第二」と、「人生論ノート」が一番上にあった。この書名を俺は一生忘れないだろう、と彼は思った。

身に着けたものを総て捨てて振り向いた時、白いカーテンに漉された夕暮れ近い仄明るみの中に、少し肩をすぼめた全裸の棗が浮かんでいた。下半身の不自由な感覚を引きずるようにして、明史はおずおずと棗に近づいた。どちらからともなく二人は激しく抱き合っていた。お互いの裸身が美しいかどうかを見極める暇《いとま》もなしに、むしろ自分の裸体を相手の眼から遮ろうとする抱擁のようにも思われた。

剝き出しの肌の匂いに包まれたまま、ああ、と小さく声の洩れる棗の口をまさぐって明史は口唇を押しつけた。躊躇いもみせずに押し入って来る棗があった。明史の中を存分に確かめたそれは、次に彼を自分の内に強く吸い込んだ。かつて「丘」の上で交した言葉のない会話のどれよりも、熱くひたすらなものが、二人の口を塞いで往き来し続けた。そして「丘」の上とは違い、抱き合う手の触れるどこにあるのも棗の肌であり、初々しいふくらみであり、恥じらうように流れる優しい毛だった。

それから起ったことのすべてを明史が知り得たのは、しばらく経った後、風邪を引くからおふとん敷こう、と囁く棗の整えたふとんに二人で横たわった時だった。それまでの彼等には、自分達が畳の上に裸で転がっていたことにさえ気づく時間が持てなかった。

……でも、大丈夫？　と一瞬怯む明史がいた。いいの、して、して、と固く眼を閉じた棗が答えた。いや、もしこのままして、君が——、と言い淀む背に手を廻し、大丈夫、今は大丈夫なの、と囁く彼女が明史を引き寄せた。

違う、そこじゃない、と消え入るように訴える棗の声が幾度も耳を掠めた。

なにか不可能なことを自分は果そうとしているのではないか、という絶望的な気分に明史は襲われた。

ひりつくような痛みの中で、しかし突然世界が変るのを明史は感じた。抱き合った二人の身体の底に、まぎれもなく新しいもう一つの抱擁の生れるのを覚えた。はいった、と喘ぐ彼が叫ぶのと、眉を寄せて懸命に堪えていた棗が、はいったのね、私達、したのね、と叫び返したのとはほとんど同時だった。明史に歓喜があったとしたら、それは肉体の感覚ではなく、出来たのね、私達、したのね、と殺した声で叫び続ける棗への言葉にならぬ共感と感謝だった。結びついたのは身体ではなく、棗の気持ちそのものに対してだった。全身が動顚するような思いの中で、その美しい声を明史は幾度も聞いた。棗の声というより、それは結び合った二人の間から迸る感動の響きだった。固く閉じた棗の目蓋に滲み出る涙を口唇で掬いながら、こんなことが世の中にあったのか、と彼はまだ信じられぬ思いだった……。

「風邪を引くから、おふとん敷こう。」

大きなものを越えた後の、柔らかくふくらんだ声が明史を我に返らせた。冷えた畳の上に全裸で転がっている自分達が、どこか滑稽でもあり、誇らしくもあった。

「そうだ。僕は平気だけど、棗がいま風邪を引いたら大変だ。」

一つに溶け合ってしまった肌をようやく剝がし、その後をどうすればよいのかと中腰で戸惑う明史を尻目に、裸の棗は押入れからふとんを取り出すと手早くシーツをかけ、掛ぶとんごと床に倒れた。

君のふとん？　君のシーツ？　とその一つ一つを確かめながら、明史はもう一人の棗の中に潜り込むようにして彼女の横にはいった。

「嬉しかった……。」

口唇を合わせる前に彼はそっと呟いた。

「私も……」

囁きが返って言葉が消えた——。

ようやく気分が静まり、棗の差し出す紙でその身体を拭った時、うっすらと赤い色が滲んでいた。

「血がついている。」

「うん……。」

満足げに頷く棗の顔に誇らかな笑みが浮かんだようだった。

「一度ね、考え直してくれという手紙が来て、それを断ったら、何も言って来なくなったの。」

天井を見上げた棗がぽつりと言った。小堀の話だ、と思った途端に背筋を何かが走ったが、これまでのような重苦しいものとはどこか違っていた。

「そしたら先週、外で会いたいって言って来たわ。」

「会ったの?」

「ううん、会わない。これが最後の手紙ですって書いて、すぐ返事を出したの。」

「お父さんやお母さんには話した?」

「話したら、二人とも黙ってた。他にもうちといろんなことがあったから。わかってくれたと思うけど……。」

「僕と会っているのは知っている?」

「だって、あなたの手紙が来るもの。」

「何か言われた?」

「諦めたんじゃないかしら。」

「小堀さんの方は、それでもう済んだのかな。」

「私が決めたんですもの。だから今日、あなたに来てもらったの。もう、大丈夫。……ねえ、大丈夫でしょう?」

棗は急に早口に問いかけると明史に顔を向けた。

「大丈夫。何があっても大丈夫さ。」

ふとんの下の裸の肩に手を廻し、明史はその顔を強く抱き寄せた。首の下に額を擦りつけて温かな息をしばらく彼の胸に吐きかけていた棗は、小さく身を動かして顔を離した。その隙間に、あるかないかの冷気が滑り込むのを明史は感じた。黙りこんだ彼女から言葉を促す気配が伝わって来る。おそらく彼女が聞きたいと願い、こちらが告げておくべきこと——それをどう口に出すかのきっかけが摑めず、彼はなお逡巡した。

「どんな人?」

くぐもった声とともに棗の手が胸の上に置かれ、励ましでもするかのように静かに撫でた。

「そう、僕も話さなければいけないんだ。どんなといって、普通のお母さんだよ。」

麻子の本当の姿を棗からはなるべく遠ざけておきたかった。それが自分の身を守るためなのか、麻子に対する礼儀であるのか、棗を傷つけまいとする思遣りか、彼には判断がつかなかった。一方に、ここまで来た以上、すべてをぶちまけて棗に許しを乞えば負目も消え、さぞすっきりして楽になるだろう、という気持ちも蠢《うごめ》いていた。

「どうしてそんな人が好きになったの?」

「好きになったんじゃない。そういうのとは違うんだ。わかってもらえるかどうか自信がないけれど、もやもやしたものが身体の中に溜ってしまって、どうにもならないことがあるんだよ。自分が行方不明みたいになって、何でもいいから摑みたいっていうか……その時の僕には棗がいなかったんだもの。」

胸の上で棗の指の動きが止った。

「今は？」

「今はこんな近くにいてくれる。」

胸に置かれた手を彼は強く握った。

「今もその人のうちに行っているんでしょう？」

「それは、家庭教師だから……。」

「いつまでやるの？」

「まだ決めてはいないけど——。」

「そう。」

「過ぎたことなのに、手紙にあんなこと書いて、君を心配させて悪かった。謝るよ、ごめん。」

「書いてくれた方がよかったの。私にも責任があるんだから。……でも、私もう心配しなくてもいいんでしょう？」

「当り前じゃないか。当り前じゃないか。」

明史は思わず繰り返した。一度目は棗のためであり、二度目は自分に対してだった。

「おしまい、そんな話。」

明史の胸にあった手がいきなり首筋にしがみつき、棗の身体ががむしゃらに上に乗って来た。なにか言おうとした口が口唇に吸い取られ、明史はすべてのものに向けてひたすらにごめんな、ごめんなと謝り続けながら、天を抱くようにして下から棗を抱き締めていた。気持ちが気持ちを抱いている、とまた明史は思った。

白いカーテンが灰色に染り、やがて薄闇の室内にぼうっと浮かび上るのを二人はふとんの中から眺めていた。窓の外に甲高い子供の声が小さく聞え、どこかでラジオが鳴っている。

「今夜、帰らないと駄目？」

ふとんの襟に口を埋めて棗がこもった声をたてた。

「泊っていいの？」

「一緒にお留守番してくれると嬉しいけど。」

「本当かい？」

「私、晩御飯作る。」

そんなことがあるだろうか、と耳を疑う明史の声は上擦っていた。

声とともに跳ね起きた棗が素早く服を着始めた。

「お豆腐と、卵と、それから……。」

セーターから首を出した棗が言った。

「病人食みたいだな。」

「だって、蛋白質をうんと補わなければいけないんでしょう？」

棗の声は溶けるような笑いにふくらんでいた。初めて身体を共有した者の、含みと奥行きのある笑い声だった。

19

秋は急速に深まっていた。唐津家への最後の角を曲ると、道端に落葉が目立つようになった。どこかから、乾いた葉の燃える香ばしい匂いも漂って来た。麻子の家の庭にも薄く枯葉が散っていた。強ばった手で、明史は白く塗られた門扉を押した。

棗の家に泊った二日後、明史は彼女からの手紙を受け取った。あの日を復習するかのような長い手紙だった。しかしその中には、復習には収りきれぬ新しい言葉が挟まれていた。

……遠くにいるあなたのことを考え続け、何を言われてもそれだけは拒み通して本当に良かった、と思っています。汚れていない身体であなたに会えたのが、私には言葉にならないほど嬉しかったの。

明史はそう綴られた数行から、しばらく眼を離せなかった。棗は行ってしまった、もう自分とは関りのない存在に変った、と諦めて寂しさに耐えつつひたすらそのことを忘れようと彼が踠《もが》いていた間、彼女がまだ明史を思って小堀から必死に身を守っていたなどとは考えも及ばなかった。あの夕暮れの、出来たのね、私達、したのね、という棗の叫びが、今迄とは別の新しい声にふくらんで寄せ返して来た。裸の明史はそれを瞬間の感動と小堀に対する勝利の声として聞いたのだが、そこにこめられていた棗の切実な思いを知らされると、眼の裏が熱くなった。あの時彼女は、抱き合っている明史に叫ぶと同時に、おそらく耐え続けた自分に向けても歓びの声を放っていたのだ。小堀との日々がどんな形で過されていたにせよ、胸の内に明史を抱き続けてくれていた棗が限りもなく愛しかった。

長い手紙の末尾に、大丈夫、風邪は引きませんでした、どうしてあれが寒くなかったかと我ながら不思議なくらいです、でも、こんな受験生がいるかしら、と彼女はおどけた言葉を書きつけていた。それから一行あけて、あなたの家庭教師の暮しがやはり少し心配です、と小さな字が読めた。

その日、足許に電気ストーヴのつけられた居間で万里子の勉強が終ると、明史は馴染んだ椅子に坐りなおして背を立てた。外は既に日が落ち、窓ガラスに室内が明るく映っている。

「ちょっと、お話があるのですが……。」

「なんでしょう、伺うわ。」

首を傾げて気軽に答えた麻子は、明史に向けた眼をソファーで本を読み始めた万里子の上にちらと滑らせた。

「お話というより、お願いというべきかもしれないのですが……。」

口ごもる明史を見ると、麻子は頷いて娘に声をかけた。

「万里ちゃん、ママ、先生とお話があるから、自分のお部屋に行きなさい。」

強い口調ではなかったが、有無を言わせぬ静かな声だった。珍しく素直に立上った万里子が、本から眼を離さずにのろのろと居間を横切って行く。その背中が意外に大きくしっかりしているのに気がついて明史は胸を衝かれた。歩み去る後姿になにか一声かけたい気持ちを抑え、彼は黙って坐り続けた。

「さあ、いいわ。何でもおっしゃい。」

万里子の足音が二階に消えるのを待って麻子が口を開いた。化粧の整った面に微かな笑みが浮かんでいる。彼女の穏やかな顔付きがかえって明史の咽喉を詰らせた。

「どうしたの。」

「すみません。万里ちゃんの家庭教師を止めさせてもらいたいんです。」

「……そう。万里子のせいで？」

麻子の声は彼の言葉を吸い取ったまま変らなかった。

「いや、万里ちゃんとは関係がない。」

「お母さんがいけないのかな？」

「違います。僕の個人的事情です。」

「いつか、明史ちゃんがそう言うと思っていたわ。」

「どうして？」

麻子の無言の笑みは前より拡がって、どこかに謎めいた影を引いたまま明史に向けられている。去年の夏休みが終って間なく、万里子のテストがあった。その結果を訊ねた時、黙って首を横に振った麻子の顔が思い出された。当惑するというより、事態を面白がっているともとれる奇妙な表情だった。

「突然、我が儘を言って、すみません。」

「そんなことないわ。万里子を一所懸命教えてくれたんですもの。私こそお礼を言わなくては。」

麻子の言葉に、こちらの申出を受け入れる響きがあるのを聞いて明史はほっと息をついた。

「途中で投げ出すみたいで悪いのですが。」

「仕方がないわよ。みんな都合があるんですもの。」

「個人的事情というのは……。」

「いいの、言わないでも。そのかわり、歳上のおばさんの忠告に耳を貸してくれる？」

テーブルの向うにいる麻子が谷を隔てたように離れて見えた。そこに坐っているのは、普通のお母さんでも、ただ歳上のおばさんでもなく、懐しい光の灯る温かな窓に似た何かだった。

「明史ちゃんはね、男として勇気が足りない。」

「え？」

唐突な言葉に刺されて明史は椅子の上の尻をずらせた。温かな光から一閃する冷たい輝きを送り付けられたかのようだった。

「だって、もし僕にもっと勇気があったら――。」

「違うの。誰かが困るとか、そんなことじゃない。ただ身体の中から滅茶苦茶に押し出して来るような力がないと。」

「後悔することになっても？」

「後悔のない人なんて、信じられる？」

麻子の顔から先刻までの笑みが消えていた。そのかわりに現れたのが、沈痛ともいえそうな傷口の開いた顔だったのに明史は打たれた。麻子に向けて闇雲に突き進まなかったことを非難されているのか、それとも棗が戻って来てからの振舞いが責められたのか、あるいは全然違ったことを麻子が言っているのか、明史には見定めがつかなかった。けれどたとえそのいずれでもないとしても、麻子の言葉が自分でも見えぬほど自分の奥深くに沁み入るように届くのを彼は感じ取っていた。

「勇気か……。」

「臆病に生きても後悔する。同じことよ。」

彼は俯いて、言われたことの滲み込んで行く我が身を凝視し続けた。

「本当いうとね、もしあなたがやめたいって言い出さなかったら、こちらからやめてもらおうと思っていた。」

追い打ちを掛ける言葉が更に明史を突いた。そんな立場に自分が居たのか、と頭を叩きたかった。相手の刃を逃れるには冗談めかした応対しかなかった。

「クビになるところだった？」

「そう、クビよ、あなたはクビ。」

麻子はぷくりとふくらんだ下口唇に歯を立てて明史を睨みつけた。それは睨む真似だったのだ、と思わせるように彼女の眼はすぐ和んだが、和んだだけに一瞬前の鋭さを余計に際立たせずにはいなかった。先刻の傷のようやく薄れた顔に、灯火とも青白い閃光とも違う別の光が溜り始めたようだった。

「よく、覚えておきます。」

明史はその光の中心に向けて静かな声を返していた。

「あら、わかったみたいな顔をして、私、偉そうなことを言ったわね。」

急に立上った麻子が陽気な声をあげて白いカーディガンの前を掻き合わせた。

「歳上の人からの大切な忠告ですから。」

「そんなに歳上でもないのよ。まだ若いんだから。」

胸を張ってみせた麻子は台所にはいりかけて足を止めた。

「笹本のお姉さんには、私の方から言うまで黙っていて。」

「クビにしたって言うんですか。」

「なにかうまく考えるわ。」

台所との境にあった玉簾が紺と白のよろけ縞の織物に変っていた。

「だけどね、うちに来なくなっても、道で会ったら知らん顔なんかしないでよ。」

織物の陰から声だけが聞えた。

「ちゃんとステップを覚えたら、いつか踊ってくれますか。」

「私の腰が曲っていなかったらね。」

もう一度、声だけが明史の耳に届いた。

玄関に立つ麻子の姿を閉じこめるようにドアをしめると、待ち構えていた冷たい夜気にすっぽりと身を包まれた。まだ後二、三回は通う予定なのに、この家には既に別れを告げてしまった、という思いが強かった。庭の木立ちの葉が淋しくなり、前より一段と広い夜空が望まれた。今夜も梢の先に星が光っている。

玄関で神妙に頭を下げてから、言い残した気持ちを伝えるために明史はそっと握手の手を伸ばした。両手を後ろに廻し、黙って首を横に振る麻子の顔には、また正体の摑めぬあの微笑が浮かんでいた。飛んでけ、飛んでけ——どこまで本気なのか、彼女は卵色のスリッパの先で軽く空気を蹴り上げながら、歌うように唱えた。暗い庭の木々の下に、まだその声が低く聞えていた。

門の扉の前で、明史は出て来た家を振り返った。二階の万里子の部屋に明りがついている。人影もない窓に向けてそっと手を振った。彼女の机の抽出しで今も時を刻んでいるに違いないロンジンの、昆虫の触角に似た細い針が眼に震えた。それを思い出すと明史は急に居たたまれぬような哀しさに衝かれた。音をひそめて門の掛け金をおろし、遠い街灯のともる道を下宿のある西の方角へと歩き出した。なにか大きなものが一歩ごとに背中から失われていく感じだった。時折、踏まれた落葉が足許に乾いた音をたてた。

家庭教師をやめると絶える収入のことを明史はぼんやり考えていた。謝礼を前提に仕送りを最小限に押し留めて来た以上、親からもらう金を再び増額したくはなかった。もらっている以上は幾らでも同じではないか、と笑う木賊の顔が浮かんだ。俺は勇気がないからな、と明史は苦笑を嚙んでまた一歩唐津家から離れた。

両側の樹木が切れて下り坂の前方にパッと夜の空が開いた。今、西に向って歩いている、と明史は思った。突然、転げ落ちる勢いで彼は坂を駆け降り始めた。急な勾配でもないのに、みるみる速度が加わって身体が前へ前へと押し出された。足が追いつけずに今にもつんのめりそうだった。夜空を飛んで道に叩きつけられる自分の姿が見えた。それでもなお、明史はもっと速く走りたかった。

『黄金の樹』新しいあとがき

『黄金の樹』は、『春の道標』（一九八一年刊、P＋D BOOKSシリーズ所収）に繋がる小説である。こちらは一九八九年五月に刊行された。

『春の道標』は、高校生・倉沢明史を主人公にして、彼の恋愛と自己形成の足取りを描こうとした作品だが、『黄金の樹』はそれに続き、大学生となった倉沢明史のその後の歩みを追う作品である。主人公は同じ人物なので、本作は『春の道標』の続篇であるといえるが、前作では、現在進行形のものであった十代の恋愛が、ここでは過去の出来事として扱われている。従って、この二つの作品は両者を一繋がりのものとして読むことが出来るが、また夫々を独立した小説として読むことも可能である、と作者は考えている。

同じような形で、次に大学生を経て職業についた人間へと成長した倉沢明史を追い、三部作として完結させることは出来ぬか、との考えはあったのだが、社会人としての倉沢明史が抱える問題を存分に描くには、別の形の作品でなければ難しい、との思いが次第に強くなり、そちらの実現に向けて力を傾けるに至った。当の選択が誤っていたとは考えないが、しかし、三部作が実現しなかったことについては、いささか無念の思いを抱いている。

一方では、このような倉沢明史が存在したからこそ、その後の諸作品を生み出すことが出来たのだ、との思いは強い。

『黄金の樹』にどのような果実が稔るかは、その後の諸作を確かめることによってのみ明らかになっていくに違いない。十代の高校生から始まる自己形成期の精神的・肉体的成長の道程は、時代の変化によって様々に形を変えるにせよ、その変化を貫く重い主題として我々の前に存在し続けるといえよう。

二〇一八年六月

黒井千次

P+D BOOKS ラインアップ

三匹の蟹　大庭みな子　●愛の倦怠と壊れた〝生〟を描いた衝撃作

冥府山水図・箱庭　三浦朱門　●〝第三の新人〟三浦朱門の代表的2篇を収録

虚構の家　曽野綾子　●〝家族の断絶〟を鮮やかに描いた筆者の問題作

地を潤すもの　曽野綾子　●刑死した弟の足跡に生と死の意味を問う一作

プレオー8の夜明け　古山高麗雄　●名もなき兵士たちの営みを描いた傑作短篇集

白球残映　赤瀬川隼　●野球ファン必読！胸に染みる傑作短篇集

P+D BOOKS ラインアップ

ソクラテスの妻	佐藤愛子	●若き妻と夫の哀歓を描く筆者初期作3篇収録
女優万里子	佐藤愛子	●母の波乱に富んだ人生を鮮やかに描く一作
黄昏の橋	高橋和巳	●全共闘世代を牽引した作家〝最期〟の作品
堕落	高橋和巳	●突然の凶行に走った男の〝心の曠野〟とは
生々流転	岡本かの子	●波乱万丈な女性の生涯を描く耽美妖艶な長篇
長い道・同級会	柏原兵三	●映画「少年時代」の原作〝疎開文学〟の傑作

P+D BOOKS ラインアップ

居酒屋兆治　山口瞳　●高倉健主演映画原作。居酒屋に集う人間愛憎劇

血族　山口瞳　●亡き母が隠し続けた私の「出生秘密」

家族　山口瞳　●父の実像を凝視する『血族』の続編的長編

血涙十番勝負　山口瞳　●将棋真剣勝負十番。将棋ファン必読の名著

続 血涙十番勝負　山口瞳　●将棋真剣勝負十番の続編は何と〝角落ち〟

夢の浮橋　倉橋由美子　●両親たちの夫婦交換遊戯を知った二人は…

P+D BOOKS ラインアップ

城の中の城　倉橋由美子　●シリーズ第2弾は家庭内〝宗教戦争〟がテーマ

アマノン国往還記　倉橋由美子　●女だけの国で奮闘する宣教師の「革命」とは

青い山脈　石坂洋次郎　●戦後ベストセラーの先駆け傑作〝青春文学〟

山中鹿之助　松本清張　●松本清張、幻の作品が初単行本化！

抱擁　日野啓三　●都心の洋館で展開する〝ロマネスク〟な世界

花筐　檀　一雄　●大林監督が映画化、青春の記念碑作「花筐」

P+D BOOKS ラインアップ

人間滅亡の唄　深沢七郎　●　〝異彩〟の作家が「独自の生」を語るエッセイ集

アニの夢 私のイノチ　津島佑子　●　中上健次の盟友が模索し続けた〝文学の可能性〟

楊梅の熟れる頃　宮尾登美子　●　土佐の13人の女たちから紡いだ13の物語

記憶の断片　宮尾登美子　●　作家生活の機微や日常を綴った珠玉の随筆集

幼児狩り・蟹　河野多恵子　●　芥川賞受賞作「蟹」など初期短篇6作収録

ウホッホ探険隊　干刈あがた　●　離婚を機に始まる家族の優しく切ない物語

P+D BOOKS ラインアップ

海市 福永武彦 ●親友の妻に溺れる画家の退廃と絶望を描く

風土 福永武彦 ●芸術家の苦悩を描いた著者の処女長編作

夜の三部作 福永武彦 ●人間の〝暗黒意識〟を主題に描く三部作

夢見る少年の昼と夜 福永武彦 ●〝ロマネスクな短篇〟14作を収録

加田伶太郎 作品集 福永武彦 ●福永武彦〝加田伶太郎名〟珠玉の探偵小説集

廃市 福永武彦 ●退廃的な田舎町で過ごす青年のひと夏を描く

P+D BOOKS ラインアップ

罪喰い	赤江 瀑	〝夢幻が彷徨い時空を超える〟初期代表短編集
春喪祭	赤江 瀑	長谷寺に咲く牡丹の香りと〝妖かしの世界〟
おバカさん	遠藤周作	純なナポレオンの末裔が珍事を巻き起こす
宿敵 上巻	遠藤周作	加藤清正と小西行長 相容れぬ同士の死闘
宿敵 下巻	遠藤周作	無益な戦。秀吉に面従腹背で臨む行長
銃と十字架	遠藤周作	初めて司祭となった日本人の生涯を描く

P+D BOOKS ラインアップ

ヘチマくん　遠藤周作　●太閤秀吉の末裔が巻き込まれた事件とは？

フランスの大学生　遠藤周作　●仏留学生活を若々しい感受性で描いた処女作品

春の道標　黒井千次　●筆者が自身になぞって描く傑作〝青春小説〟

黄金の樹　黒井千次　●揺れ動く青春群像。「春の道標」の後日譚

快楽（上）　武田泰淳　●若き仏教僧の懊悩を描いた筆者の自伝的巨編

快楽（下）　武田泰淳　●教団活動と左翼運動の境界に身をおく主人公

P+D BOOKS ラインアップ

虫喰仙次　色川武大　●戦後最後の「無頼派」、色川武大の傑作短篇集

小説 阿佐田哲也　色川武大　●虚実入り交じる「阿佐田哲也」の素顔に迫る

ぼうふら漂遊記　色川武大　●色川ワールド満載「世界の賭場巡り」旅行記

親友　川端康成　●川端文学「幻の少女小説」60年ぶりに復刊！

廻廊にて　辻 邦生　●女流画家の生涯を通じ〝魂の内奥〟の旅を描く

夏の砦　辻 邦生　●北欧で消息を絶った日本人女性の過去とは…

P+D BOOKS ラインアップ

眞晝の海への旅　辻 邦生
●暴風の中、帆船内で起こる恐るべき事件とは

鞍馬天狗 1　鶴見俊輔セレクション
角兵衛獅子　大佛次郎
●〝絶体絶命〟新選組に取り囲まれた鞍馬天狗

鞍馬天狗 2　鶴見俊輔セレクション
地獄の門・宗十郎頭巾　大佛次郎
●鞍馬天狗に同志斬りの嫌疑！ 裏切り者は誰だ！

鞍馬天狗 3　鶴見俊輔セレクション
新東京絵図　大佛次郎
●江戸から東京へ時代に翻弄される人々を描く

鞍馬天狗 4　鶴見俊輔セレクション
雁のたより　大佛次郎
●〝鉄砲鍛治失踪〟の裏に潜む陰謀を探る天狗

鞍馬天狗 5　鶴見俊輔セレクション
地獄太平記　大佛次郎
●天狗が追う脱獄囚は横浜から神戸へ上海へ

（お断り）

本書は１９８９年に新潮社より発刊された単行本を底本としております。

今回単行本化にあたり加筆修正を行っております。

黒井千次（くろい せんじ）
1932年(昭和7年)生まれ。東京都出身。1970年『時間』で芸術選奨新人賞受賞。代表作に『群棲』『カーテンコール』『羽根と翼』『一日 夢の柵』など。

P+D BOOKS

ピー プラス ディー ブックス

P+Dとはペーパーバックとデジタルの略称です。
後世に受け継がれるべき名作でありながら、現在入手困難となっている作品を、
B6判ペーパーバック書籍と電子書籍で、同時かつ同価格にて発売・配信する、
小学館のまったく新しいスタイルのブックレーベルです。

黄金の樹

2018年9月18日　初版第1刷発行

著者　黒井千次
発行人　岡 靖司
発行所　株式会社 小学館
〒101-8001
東京都千代田区一ツ橋2-3-1
電話 編集 03-3230-9355
販売 03-5281-3555
印刷所　昭和図書株式会社
製本所　昭和図書株式会社
装丁　おおうちおさむ（ナノナノグラフィックス）

造本には十分注意しておりますが、印刷、製本など製造上の不備がございましたら「制作局コールセンター」（フリーダイヤル0120-336-340）にご連絡ください。（電話受付は、土・日・祝休日を除く9:30〜17:30）
本書の無断での複写（コピー）、上演、放送等の二次利用、翻案等は、著作権法上の例外を除き禁じられています。
本書の電子データ化などの無断複製は著作権法上での例外を除き禁じられています。
代行業者等の第三者による本書の電子的複製も認められておりません。
©Senji Kuroi　2018 Printed in Japan
ISBN978-4-09-352347-9

P+D BOOKS